아내와 동행한 세월

맨땅 딛고 꼭 잡은 손
사랑하는 아내 엄마이름 얻어
따뜻한 손길로 감싸 왔는데

덜렁대며 게으름 피던 나
뉘우침 길게 늘어놓고
고갯길 넘느라 코에 단내가 났다

어리석은 나를 따라오며
힘겨워 했던 여린 당신
눈물로 많은 날 보내었지

잘못도 한 짐, 모자람도 한 섬인데
눈빛 이야기 주고 받으며 살아온 40년
타래실 감아 사리사리 이어온 정

이제야 철들어, 지난날 맴돌던 꿈
저 강언덕 노을빛에 걸어두고
석양 비낀 하늘 아름답게 바라보네.

할머니의 봄

아가야
봄이 왔단다
재너머 홍박골에
보리밭 밟으러 가지 않으련

할머니는 겨울 먼지 털어낸 바구니 들고
손자 손에 몽당호미 들려 집을 나선다
쫄랑쫄랑 까막고무신 신고 따르는 손자
갓 녹은 질척한 길 신발이 벗겨진다

할머니
발시려워 업어줘
등에 업힌 손자 쪽진 비녀 만지며
응얼거린다

아가야 내리자 봄나물을 보아라
이것은 냉이고 저것은 꽃다지란다
꽃다지 노랑꽃 피었으니
달래도 나왔겠네

봄볕 내리는 양지쪽에 마주 앉아
나물을 다듬어 바구니에 담는다
얼른 집에 가서 냉이찌개 달래장 만들어
꼬꼬알에 참기름 넣고 밥비벼 주마

어리광부리는 손자 다시 업고
봄동산을 돌아오는 할머니 모습.

오월 강변

팔당호 물위에 듬성듬성 솟아난 초록 덤불
부들, 갈대 부둥켜안고 수초 마을 넓혀가며
오월 햇살에 푸른 물결 일렁이며 춤춘다

미끄러지듯 나래 펴 내려앉는 백로 무리
꺽다리로 강물 밟고 휘청이며 서 있는데
앞질러 논병아리 알짱대며 탐방구질한다

물억새 포기 사이, 왕골 틈새마다
비집고 자란 초록 숲속에는
짝 찾아 둥지 짓는 개개비 노래

길가 파란 잎새 위 흰눈 소복히 내린 듯
토끼풀 하얀 꽃 피어 가득 메우고
메싹 꽃 연분홍 나팔 들고 오르는 가파른 언덕

붕어 잉어, 창포 부들 헤집고 흔들며
첨벙대며 마름수초 위에 산란을 하고
꽃창포 노랗게 피어 있는 오월 강변.

백일홍 꽃밭

엊그제 촉촉이 내린 비
백일홍 꽃밭에 물을 주더니
굵은 줄기 만들어 놓고
꽃봉오리 받쳐준
가는 목을 한뼘이나 키워 놓았네

빨강, 노랑, 주황 예쁜 얼굴
아침이슬로 곱게 단장하고
잔디밭 옆자리로 나를 불러
함께 놀자 하네

오므린 조막망울 모두 펴리라
칭얼 칭얼대며
햇살님 동편으로 고개를 들어
실눈 떠 세상을 살펴보다가

모여드는 나비동무 붕붕친구
활짝 편 웃음으로
맛난 꿀대롱 한 입씩 나누어 주고
사이좋게 지내기로 약속한다네.

마디

씨앗 깨고 솟아나는 탄생의 비밀
여린 싹 움터
힘겹게 한 마디가 솟는다
떡잎 의지하며 일어서는 이음의 세계

누군가 쪼개놓은 년월일시 분분초초
그 안에 계절도 있고 세월도 있단다
삶이란 무엇인가
끝없이 펼쳐진 빈 공간을 채워가는 것

가다가 가다가 기진하고 지친 날에
고귀한 삶의 보람, 거기에 있음이니
서로 어긋나면서도 공존하는 밤과 낮
그곳에 의연한 네 몫이 있음이라

네가 하찮게 여기는 초목들이 지닌 마디
너 살아온 여정에도
고통에 응어리진 마디
호사스럽게 웃자란 마디

희로애락 담겨진 마디 속 깊은 곳에
옹골차게 채워넣고 뻗어나가라
끊임없이 줄기차게 이어가는 것이
우리 인생의 마디란다.

압곡천 여름휴가

압곡천 취석마루 곁산에 노래하던 소쩍새
인걸이 떠난 뒤 세월 속에 숨었나
깊은 잠에 빠졌나 부름이 없네

초저녁 잠든 청산
깊은 계곡 시냇물 소리 빈 산 울리고
곤한 세월 쉼 없이 냇길 따라 떠났으리라

어스름 산기슭에 물안개 피어나고
밝은 달빛 구름 사이로 쏟아져 내리는
신비로운 야경에 사로잡힌다

한울타리 형제 이십 명,
달빛 조명 비춰, 맞이하는 밤
둘러보아도 장엄하게 겹쳐진 산 속

놈세나 즐거이 흥겹게 흔들림에 취해
소리 높여 노래 부르고 춤추며
그 잘난 자존심 모두 버리고 가세

압곡천 물살에 깎여 나간 동그란 몽돌
옛적에는 모가 난 큰바위였다네
세파에 찢긴 마음 쏟아 붓고들 가세나.

*압곡천 : 강원도 횡성에 있는 계곡 이름

겨울 그림

진눈깨비 싸락눈 달려와
성큼 겨울 문 열고
가을걷이한 빈들에 함박눈 내리네

흰눈 내려 덮인 땅위에는
가지마다 탐스러이 하얀 꽃 피고
설원에 새기는 아름다운 그림

앙상하게 알몸 드러낸 나무들아
세찬 바람이 때리거든 함성 지르고
두 팔 쫙 벌려 버티고 서거라

노루꼬리 짧은 햇볕에도 언 눈 녹아
고드름 타고 떨어지는 물방울
꽁꽁 언 땅 뚫고 봄이 찾아온단다.

비행기

이예진

와, 비행기가 온다
비행기야 비행기야
앞을 똑바로 보고
잘 갔다 와
내일 또 만나자, 안녕.

*20개월 된 손녀가 읊은 시

땡감이 익어간다

감나무 잎사귀 그늘 속
긴 여름 비바람에 얼굴 내민 땡감
귀뚜라미 소리 귀 거슬려
무더위 역정내고 돌아선 자리
성큼 다가와 빙그레 웃음짓는 가을인가

설익은 연노란 땡감
벌써 침시 담글 만큼 맛들었나
어느날 까치 찾아와 놀이터 되더니
후줄근히 잎새 떨어진 늦가을

가지 휘도록 주렁주렁 황금송이
발그스름 연홍시 수줍은 얼굴
내뱉어야 할 떫은 맛 삭히느라
속을 태워 불덩이 되었구나.

이병구 시집

사랑의 마디

한누리미디어

태어나고 자란 것부터 어긋난 초라한 몸
홀씨로 날아다니다 뿌리내린 그곳에 고향 삼고
숨어 눈시울 적셔야 했던 야속한 운명
탓은 네 탓으로 돌리고,
억센 장사치로 살다 보니
세월까지 거칠어져 마음에 뿔이 나더이다.

각 세운 뿔 엄청 센 척하며 살아오다
하나님 뵙고부터,
달팽이 뿔보다 더 연약함을 알게 되었습니다.
허상이 허물어져 내리는 내 모습을 보며
상처투성이 아문 자국
지우려 해도 제자리에 남아 있고,

배움에 목 마른 나를
지혜의 길 열어주신 하나님!
성경, 찬송, 모두가
으뜸의 글이요, 시인 것 알고부터
하나님께 드리는
편지를 써 기도 올린 것이

내 속에 있던 글을 이끌고 세상에 나와
늦깎이 시인이 된 것 아닌가 싶습니다.
나 얼마나 아둔한가
삼십 년 넘도록 하나님 앞에서 글공부를 하고도
칠십에 이르러 서툰 글로 시집을 내게 되었으니,
그래도 대견하다 자찬自讚하고 있습니다.
자연과 더불은 일상, 지나간 얘기처럼
보고 느낀 대로 쓰고 싶을 뿐……

쓰다 보면 한 편의 명시가 나올 수 있다는
기대찬 생각도 해 봅니다.
자기도취에 빠진 나를 무척 사랑하기에,
앞으로 시로 노래로
아름다운 그림을 그려 남기고 싶습니다.
연필이 무거워질 때까지……

2014年 봄날에...

江山齋에서   松高 李 秉 九

고향을 그리워하는 순수 서정미 구현

홍 윤 기

일본센슈대 문학박사
국제뇌교육종합대학원대학교 석좌교수
한국문인협회 고문

해마다 가을날이면 풍년가가 흐르는 가운데 풍성한 들녘에 서는 누런 벼들이 고개를 잔뜩 숙이고 있다. 그때마다 어쩌면 벼이삭은 '내 고향은 바로 이 대지大地란다' 며 자랑스럽게 스스로 태어난 고마운 터전으로 기쁘게 머리 숙이고 있는 것인 지도 모른다. 필자는 이병구 시인의 주옥 같은 시 66편을 한 편 한 편씩 깊게 음미하면서 고향 떠난 노시인의 망향의 정과 함께 뜨거운 그리움 속에 또렷이 떠오르는 할머니에게 받은 사랑의 모상母像을 절절히 느꼈다.

그렇다. 지상의 모든 인간들이 각기 다른 고향에서 공통의 심상을 자아내는 마음의 고향은 바로 각자마다 너무나도 그리운 모습이 떠오를 것이다. 소년 이병구에게 가슴 아프고 뼈 저렸던 현실은 과연 무엇이었던가. 그것은 필경 주린 배 움켜

잡고 한숨 토하던 기나긴 '보릿고개'가 아니었겠는가를 유추해 볼 수 있다. 낳아주신 부모와 일찍이 영별과 이별이 뒤엉킨 운명의 길을 가야만 했던 이야기를 남모르게 가슴에 담고 살다가 터지고 솟구치는 정한情恨을 글로 표현했으리라.

할머니와 어머니, 두 분의 어머니를 끝내 외로이 토방집에 모신 시인은 오늘도 고향 하늘을 바라보며 인자하신 할머니의 모습과 함께 떠오르는 모정을 간절한 시상詩想으로 담아 남모르게 조용히 노래한다. 남들은 도저히 떠올릴 수 없는 이병구 시인만의 시세계, 할머니와 어머니를 끝내 자신만의 가슴 속 깊이 더욱 깊숙이 품는 것이다. 바로 그것은 생生의 참다운 희열이요, 누구와도 함께 나눌 수 없는 기쁨이자 자신에게만 주어진 삶에의 빛나는 보람이리라.

여기서 시인 이병구는 '생의 비약飛躍'을 다시금 듬뿍 누리는 것이다. 이를테면 생의 비약은 독일의 천재 시인 '라이나 마리아 릴케'에게만 주어지는 것은 아니다.

오늘 5월의 해맑은 첫 아침, 이병구 시인은 뒷동산 언덕 위에 올라서서 저 푸르게 넘실대는 한강물을 굽어보며 가슴 듬뿍 생의 비약을 누리고 있는 것이다. 그것은 바로 할머니와 어머니로부터 받은 순수무결한 생애生涯의 자산이요, 그에게만의 눈부신 사랑의 선물이다.

뒤늦은 등단에도 불구하고 시심詩心을 불태우며 아름답게 엮어낸 첫시집 《사랑의 마디》 출간을 진심으로 축하해 마지 않는다.

2014년 5월 1일

차례 Contents

| 이병구 시집

제2부 _ 봄꽃 같은 아내

차례 Contents

제3부 _ 가을 지나 겨울

| 이병구 시집

제4부 _ 인생 여정에서

25

차례 Contents

제5부 _ 내 곁에 형제들

26

제 1 부

고향의 추억

고향

어린 시절 내 고향 염티
눈물 참고
슬픔 남겨놓은 채
아픔만 가지고 떠나왔지

어딜 가도 떠날 줄 모르던 외롬
숙명처럼 보듬어 살며
앙금 걸러내 결 삭여도 설움겹다

"늘" 꿈 속에서 동행해 준 고향
후미진 길 멈칫 돌아서
새 길 만들며 힘차게 왔다
돌다리 헛디뎌도 일어섰느니

눈물 범벅 쏟아낸 곳
조상님 사시다 묻히신 땅
응어리진 마음 빗장 풀고
뿌리 찾아 고개 숙여 감사한다.

강을 바라보며

논두렁 물꼬 터 놓은 곳
송사리떼 모여 들고
실개천 흐르는 풀섶
미꾸라지 황토물을 머금네

개울바닥 돌멩이 서덜 속
몸 감추는 버들치떼
샛강에 숨었던 피라미도
튀어오르며 촐랑인다

왜가리 곧추세운 목을 보고 놀라
줄행랑치다 지쳐
강변 부들마을 찾아들어
잠시 눈붙이고 떠나려 하나

큰강은 멀게만 여겨지고
거센 물살 타고 가야 할 텐데
가는 길 힘겨운 여정이라도
넓은 곳 맘껏 자유를 누리리라.

마디

씨앗 깨고 솟아나는 탄생의 비밀
어린 싹 움터
힘겹게 한 마디가 솟는다
떡잎 의지하며 일어서는 이음의 세계

누군가 쪼개놓은 년월일시 분분초초
그 안에 계절도 있고 세월도 있단다
삶이란 무엇인가
끝없이 펼쳐진 빈 공간을 채워가는 것

가다가 가다가 기진하고 지친 날에
고귀한 삶의 보람, 거기에 있음이니
서로 어긋나면서도 공존하는 밤과 낮
그곳에 의연한 네 몫이 있음이라

네가 하찮게 여기는 초목들이 지닌 마디
너 살아온 여정에도
고통에 응어리진 마디
호사스럽게 웃자란 마디

| 이병구 시집

희로애락 담겨진 마디 속 깊은 곳에
옹골차게 채워넣고 뻗어나가라
끊임없이 줄기차게 이어가는 것이
우리 인생의 마디란다.

할머니의 봄

아가야
봄이 왔단다
재너머 홍박골에
보리밭 밟으러 가지 않으련

할머니는 겨울 먼지 털어낸 바구니 들고
손자 손에 몽당호미 들려 집을 나선다
쫄랑쫄랑 까막고무신 신고 따르는 손자
갓 녹은 질척한 길 신발이 벗겨진다

할머니
발시려워 업어줘
등에 업힌 손자 쪽진 비녀 만지며
응얼거린다

아가야 내리자 봄나물을 보아라
이것은 냉이고 저것은 꽃다지란다
꽃다지 노랑꽃 피었으니
달래도 나왔겠네

32

봄볕 내리는 양지쪽에 마주 앉아
나물을 다듬어 바구니에 담는다
얼른 집에 가서 냉이찌개 달래장 만들어
꼬꼬알에 참기름 넣고 밥비벼 주마

어리광부리는 손자 다시 업고
봄동산을 돌아오는 할머니 모습.

우렁 잡던 오솔길

싸리 바구니 챙겨들고
셋째 할아버지 마당 지나
매방아 덩그러니 서 있는
데렁겉*으로 돌아간다

큰댁 연못깡 내려다보며
안골 입구에 들어서면
형네 못자리배미 논두렁 건너편
트랫논과 서탈배미*가 보인다

웃골 야채 심던 돼기밭
오른쪽에는 박통골이 있고
조금 지나 불당골 참외밭
증조 할아버지 원두막 있던 곳

불당골 산비알 재너머에
'그줄' 이라는 인적 드문
다랑치논 겹쳐 내린 외진 산골

34

할머니와 손자
신발 벗고 논으로 들어가
우렁을 그냥 주워담는다
잠깐 동안 바구니 가득 채워
집으로 오는 길

봄내음 듬뿍 마시고
통통히 살찐 찔레순 꺾어 먹으며
삘기* 뽑아 입맛 다시고

할머니 손잡고 콧노래 부르며
으스대고 오던 길
지금은 그 오솔길에 누가 다닐까.

*데렁걸 : 마을길 이름
*트랫논과 서탈배미 : 논의 명칭
*삘기 : 억새풀 여린 속꽃대

몰래 먹던 엿

안방 아랫목 벽쪽에
큰 다락문 살짝 열고
가파른 계단을 기어올라

큼직한 목판에 담긴
검붉은 엿조각을 집어든다
달콤한 향 코로 솔솔 들어오고

입에 넣기 전부터
꼴깍 침을 삼킨다
볼이 터지도록 게걸스럽게 먹었다.

몰래 먹던 엿
입가에 밀가루 털어내고
딴청피고 돌아서며 흐뭇하던 그 시절.

36

할머니 꿀자장가

손 닿는 작은 다락에 꿀항아리
새끼손가락으로 맛보고
검지손가락으로 찍어 먹는다

들킬세라 흔들어 놓고
꿀 먹은 벙어리 되어 뒹굴다
들에서 돌아오신 할머니께
배 아프다고 거짓 배앓이하며

할머니 무릎베개 베고 눕는다
굳은 살 거친 손으로
내 배를 쓰다듬어 주시며

내 손이 약손이다
할미손이 약손이다
돌도 삭고 뉘도 삭아라
돌도 삭고 뉘도 삭아라

우리 애기 착한 애기
응석잠 재워주시던 할머니
그 할머니 품이 그립다.

할아버지 쇠주

심심하던 어느 날
작은 다락 식초매병 옆자리
어저께 내린 쇠주 한 병

쟁반 위 작은 종지잔과
고추장에 볶은 멸치 안주가 있다
할아버지 드시던 쇠주

맛보기로 한다
종지잔으로 반쯤 따뤄 마시니
카, 소리가 절로 났다

찡그림으로 쓴맛 넘기고
멸치 꽁댕이 하나
살짝 집어들고 안주 삼는다

매콤하고 고소하고 짭짤하니
입안에 쓴맛도 이내 가셔진다
잠시 얼굴에 번지는 취기
얼떨떨 그날의 느낌 야릇했다.

여름 들녘

무더위 한 풀 꺾인 해거름
쇠풀 베러 바소고리 얹어 지게 지고
말뚝에 매놓은 덩치 큰 황소
고삐 풀어 앞세우고 들길로 나선다

산자락 그늘 내린 냇둑
미루나무에 고삐 길게 늘여 매두고
한가로이 풀을 뜯긴다

지루한 장마 끝날 즈음
수북히 자란 논두렁 풀
말끔히 깎아 쇠먹이 한 짐 베어 놓고

한바리골 넓은 웅덩배미 논
벼 포기 바람결에 일렁이는 초록 들판
삼복더위에 훌쩍 커 흔들흔들 춤을 추고
환한 웃음 바라보는 여름 들녘.

보릿고개

대물림한 조상의 터
끼니 거르며 넘는 보릿고개
누릇누릇 보리 이삭 익어갈 때면
허기진 배고픔, 새우잠으로 버텨내고

덜 여문 겉보리 베어
질시루에 쪄 멍석 깔고 말려
덜커덩 덜커덩 디딜방아 찧고
키로 까불러 보리쌀을 댓껴낸다

줄줄이 식구들 딸린 입 쳐다보고
둘린 상에 앉아 풀떼기죽 먹어가며
힘겹게 넘어야 했던 가난의 굴레

허리띠 졸라매고 기다린 보람인가
황금빛 넘실대는 영근 보리밭
낫질하는 팔에도 힘이 솟고
땀에 젖은 얼굴엔 웃음이 가득

40

마당 한켠 노적가리 쌓아놓고
절구통 뉘어 보릿단을 태질하면
몸에 붙은 보리까락 깔끄러워도
알곡 쌓이는 기쁨에 흐뭇했었지

붙어 있는 알갱이 도리깨로 쳐내고
알뜰히 털어낸 보릿짚 위에 누워
하늘 쳐다보던, 전설이 된 옛 보릿고개.

쓴물 쇠주

땔나무광 앞 묻어놓은 술항아리
가랑잎 덮어 가려진 곳에
술이 익어간다

용수 박아 약주술 떠놓고
걸쭉한 막걸리 설렁설렁 걸러
술독 부신 찌거미
모두 모아 가마솥에 붓는다

놋양푼 가운데 놓아
소당뚜껑 엎어 찬물 붓고
가루 치댄 번으로 틈새 막아
아궁이에 솔가래로 잔불 지피고

은근하게 무쇠솥 달구면
솥뚜껑 꼭지 타고
한 방울씩 떨어져 내려
말갛게 쓴물 우린 쇠주가 된다.

42

정월대보름맞이

열사흘 날
모서리 일그러진 쟁반달 떠올라
둥글게 펴느라 환하게 밤을 밝히는데
무쇠솥 끓는 물에 산나물, 시래기
푹 삶아 묵나물을 울궈내고 있다

열나흘 날
오곡밥 지어 종일토록 밥 아홉 번 먹고
땔나무 아홉 짐 해야 한다는 날
겨울 녹아내린 질척한 땅 밟으며
청솔가지 까치집만큼 지고 와
맛나는 나물무침에 오곡밥을 먹었지

밤이 되어 등잔불 앞 둘러앉아
바늘 끝에 잣 꽂아 잣불켜 밝히며
할머니는 기도를 드리셨다
천지신명께 비나이다, 우리 귀한 손자
한 해 동안 무탈하게 잘 자라도록 해 주시고……
그을음내고 타는 잣불 보시며 부탁하셨지

오늘밤 잠자면 눈썹이 하얗게 센다며
밤잠 설치고 새벽녘 귀밝이술 마시고
호두와 밤 땅콩 부럼깨 마당에 던지며
대문 열고 내 더위를 팔러 나간다

대보름날
겨우내 날리던 가오리연, 방패연
줄 끊어 멀리 날리고 소원 빌며 보낸다
재미있던 윷놀이, 손이 트도록 타고 놀던
썰매는 멍석가리 옆 소금가마 받침하고

통조림 빈 깡통 찾아 못구멍 숭숭 뚫어
솔방울 관솔불 살라 빙빙 돌리며
보름달보다 더 크게 돌리고 돌렸다
하늘 높이 휙 던져 별을 떨어뜨린다고
불꽃놀이로 밤을 태워가며 놀았다

뒷동산 달맞이 둥둥둥 북치며 올라가
산정에 청솔 장작 쌓아놓고 동녘에 솟는 달 보며
화톳불 피워 마을사람 안녕을 기원했다

44

열엿샛날
농사일 시작하는 날이다
아침부터 볏짚단 갈퀴로 간추려 새끼 꼴 준비
낮에는 보리밭 밟고, 인분 거름 퍼 나르고
밤에는 사랑방에 모여 새끼 꼬기 내기하며
보름날 먹다 남은 반찬 양푼에 비벼
꿀맛 같은 밤참 느끼며 새봄을 맞이했다.

토방집 어머니

세상 시름 놓으시고 잠드신 어머니
토방집 앞 찾아와 서성입니다
어머니! 불러봐도 대답없는 무덤가
흰 망초꽃 어우러져 동리를 이루었네요

찾아뵙지 못한 날 세고 계셨나요
칡넝쿨 길게 뻗어 내려와 있고
무성한 잡초만 헝클어져 있는데
자식 오기만 기다리셨나 봅니다

잰 걸음 단숨에 올 수 있는 곳인데
천리 먼 곳에 계신 것처럼 무심히 지나왔네요
풀숲 헤치고 잔디 다듬는 손이 부끄럽습니다

갈퀴로 긁어 벌초하는 무더운 초여름
땀과 눈물이 펑펑 쏟아져 내리네요
운명 앞에 갇혀 지낸 못난 서러움
긴 세월 잘라내도 움자라듯 돋아나네요

46

당당하신 모습 자식 가슴에 심어주시고
재너머 외진 산골 초라한 토방집이 전부인 것을……
나도 모르게 꺾인 세월 맞이하나 봅니다
오늘은 어머니가 더욱 그리운 것을 어찌 하오리까.

제2부

봄꽃 같은 아내

봄의 뒤안길

겨울 소낙비
새벽창 두드리며 쏟아져
도랑물 채워 넘쳐난다

삭풍에 얼어붙은 잔설
티검불까지 설거지하며
응달짝 쌓인 눈까지 헹궈낸다

흥건히 고이는 물
추위를 밀어내려나

아직은 두텁게 쌓여
깊게 들인 겨울
물러갈 날 먼데
슬그머니 열어놓은 2월 초하루

봄맞이 대청소 서두르자
찬바람 걷어내고
남풍도 데려오자
긴 잠 깨 기지개펴는
이른 봄의 뒤안길.

봄꽃 잔치

새색시
연두저고리 입고 시집가는 날
돋음 바람이 솔솔 불어온다
동산 오르는 길 걷노라니

냉이꽃 하얗게
수를 놓아 꽃길 만들고
꽃다지 노랑꽃
하늘거리며 박수를 친다

보라색 제비꽃
땅에 엎드려 고개들어 반기는
정겹고 아름다운 우리 동네
봄꽃 잔치가 한창 벌어진 곳

봄에 취해 거나하게 즐길 수 있다오
꽃바람 흠뻑 맞아가며
무거운 마음 내려놓고
봄꽃 노래 큰 소리로 함께 부르려오.

삼월 강변

겨우내 삭아내린 갈대
그루턱 잠긴 섶
백로 왜가리 긴 목 세우고

물오리 떼지어
호수를 가르고
봄물결 일으킨다

샛강 놓인
긴 구름다리 건너편
눈보라에 헝클어진 갈대숲
허리 굽혀 흔들리는 곳

작은 새들은 아랑곳없이
봄노래 부르며
나래 펴 숨어 날고

마른 수초 사이
무리지어 쉬고 있는 기러기 가족들
먼 길에 봄을 업고 왔는지

무던히도 지치고 고단했나
쉼터에 봄을 내려놓고
깃속에 머리 묻고 졸고 있다

너른 강변 갓길에 파릇파릇
소루쟁이 뺑쑥 터를 넓히고
들풀 돋아 빈 자리 채워 가는데

싱그러운 봄바람
듬뿍 마시며
수양버들 파란 가지 늘어진 강변으로
삼월이 걸어오네.

이슬

앞뜰에 이슬 머금은 잔디
아롱진 물방울 놓칠세라

햇살 바람 오기 전에 떠나갈까
힘겨워하는 모습 측은하구나

연약한 풀잎에 매달려
서로 헤어짐이 아쉽나 보다

조금만 참고 있으렴
먼동 터 날이 밝아오리니
무지개 타고 훨훨 날아오르려므나.

삼월 초하루

머리맡 동창 넘어 삼월 초하루
태양은 봄을 듬뿍 안고 찾아와
내 머문 둥지 위로 쏟아 붓는다

뒷동산 송벽松碧 울타리
겨울 토해내며 초록이 반짝이고
추위 내몰아 기지개를 켠다

단풍나무 물오름 숨가쁘게
앙상한 가지 적셔 타고 오르며
개나리 꽃망울도 톡톡 불거지네

산들바람 강가에 살얼음 녹이며
삭풍에 꿈적도 않던 잠자던 나무
세찬 바람 타고 봄이 왔다고 춤을 추네.

송화

뒷산 앞뜰 둘린 곳에
큰솔 잔솔 어우러져
오월 송화가 한창 피었네
아름답지도 화려하지도 않은 꽃

향기마저 없기에
벌 나비 그냥 지나치고
피고 지는 모습 나타냄도 없이
솔잎이 감싸쥔
새순 촉에 매달려 피었구나

시샘바람에 꽃송이 터뜨려
노오란 송홧가루 물씬 쏟아내고
어데론가 사라지는 분신
진토에 보탬이런가.

오월 강변

팔당호 물위에 듬성듬성 솟아난 초록 덤불
부들, 갈대 부둥켜안고 수초마을 넓혀가며
오월 햇살에 푸른 물결 일렁이며 춤춘다

미끄러지듯 나래 펴 내려앉는 백로무리
꺽다리로 강물 밟고 휘청이며 서 있는데
앞질러 논병아리 알짱대며 탐방구질한다

물억새 포기 사이, 왕골 틈새마다
비집고 자란 초록 숲속에는
짝 찾아 둥지 짓는 개개비 노래

길가 파란 잎새 위 흰눈 소복히 내린 듯
토끼풀 하얀 꽃 피어 가득 메우고
메싹꽃 연분홍 나팔 들고 오르는 가파른 언덕

붕어 잉어, 창포 부들 헤집고 흔들며
첨벙대며 마름수초 위에 산란을 하고
꽃창포 노랗게 피어 있는 오월 강변.

백일홍 꽃밭

엊그제 촉촉이 내린 비
백일홍 꽃밭에 물을 주더니
굵은 줄기 만들어 놓고
꽃봉오리 받쳐준
가는 목을 한 뼘이나 키워 놓았네

빨강, 노랑, 주황 예쁜 얼굴
아침이슬로 곱게 단장하고
잔디밭 옆자리로 나를 불러
함께 놀자 하네

오므린 조막망울 모두 펴리라
칭얼 칭얼대며
햇살님 동편으로 고개를 들어
실눈 떠 세상을 살펴보다가

모여드는 나비동무 붕붕친구
활짝핀 웃음으로
맛난 꿀대롱 한 입씩 나누어 주고
사이좋게 지내기로 약속한다네.

애기 솔방울

여린 솔순이 받쳐준
보랏빛 갓난 솔방울
그 모습 대견스러워라

여문 씨앗 맺어 옥토에 떨어져
낙락장송 우람하게 키우고
늘 푸른 솔숲 마을 이루거든

깃든 새 쉬어가고, 짝 만나 사랑하다
둥지틀어 보금자리 만들고
아기새 쨱쨱이는 새들의 고향 되거라.

옥수수밭

겨울 가고 얼음 녹은 땅
거름 펴 밭갈고 이랑 만들어
이른 봄 옥수수 모종을 심었다

여린 싹 한 그루씩 한 뼘 사이
줄 맞춰 심고 물 한 모금 주었는데
낯선 땅에 뿌리내려 밭고랑 덮고

봄 지나 유월이 가는 동안
햇살 받고 비 머금어
쑥쑥 자라 무성해진 옥수수밭

활짝핀 더벅머리 숫꽃
매디에 업혀 수염 달고 나온 암꽃
한몸에서 암수가 열매 맺는다

헛헛한 주린 배 채워주고
한끼 저녁으로 때우던 옛시절
옥수수 영글어가는 여름이 오고 있다.

우리집

남한강 북한강 서로 만나 얼싸안고
검단산 예봉산 두팔 뻗어 마주잡은 손
팔당호 품에 안고 아름다운 풍경 펼쳐놓았네

산자락 잠긴 호수, 굽은 길 따라
여우고개 넘어가는 정겨운 동네
나와 아내 마음 심어 일궈낸 동산

솔내음 가득 잔솔함께 터잡은 우리집
한 삽 정성 모두어 손길 닿은 곳에
움트운 새싹 사랑먹고 쑥쑥 자란 녀석들
깊게 뿌리내려 꽃동산 이루었다네.

사랑의 마디

아내와 동행한 세월

맨땅 딛고 꼭 잡은 손
사랑하는 아내 엄마 이름 얻어
따뜻한 손길로 감싸 왔는데

덜렁대며 게으름 피던 나
뉘우침 길게 늘어놓고
고갯길 넘느라 코에 단내가 났다

어리석은 나를 따라오며
힘겨워 했던 여린 당신
눈물로 많은 날 보내었지

잘못도 한 짐, 모자람도 한 섬인데
눈빛 이야기 주고 받으며 살아온 40년
타래실 감아 사리사리 이어온 정

이제야 철들어, 지난날 맴돌던 꿈
저 강 언덕 노을빛에 걸어두고
석양 비낀 하늘 아름답게 바라보네.

62

첫사랑 이야기

맞선 본 여름 주말 오후 첫 데이트
서로의 다가섬이 마음 속 설레임으로
고궁에서 만나 사이를 두고 말없이 걸었지
오가는 많은 연인들 속에서

왜 그리 멋쩍었을까
한적한 갓길 찾아 길잡이 노릇
따라오는 그녀와 말없이 걸었다
곁눈 속으로 들어오는 모습
날씬하고 차분한 맵시의 예쁜 아가씨

베지색 바지에 반소매 남방차림
그 모습이 너무 아름답다
망설이다 용기를 내
이미 알고 있는 이름 다시 물어본다

한문으로 무슨 자를 쓰냐고 하니
성은 강릉 최崔가이고
복 지祉자에, 맑을 숙淑자를 쓴다고 했다
세련되고 고운 이름이다

입 떨어진 바보 노총각은
얼굴을 똑바로 쳐다보지 못하고
흘깃흘깃 보며 말을 이어간다
엷은 미소와 눈빛만으로 다가가며
교감을 나누던 그때,

갑자기 굵은 소낙비가 한 줄금 쏟아져 내린다
어데선가 자그마한 양산을 받쳐주며
내 팔을 끼는 예쁜 아가씨, 얼떨결에 내준 팔
쿵쿵뛰는 가슴의 요동과 함께 어색하기만 했는데

옷깃 스친 인연 이렇게 감동으로 다가올 줄이야
그녀의 향기로움이 코로 밀려들어 왔다
단발머리 어깨를 살짝살짝 스치며
귀밑까지 닿으니 좀더 가까움을 느낀다

웅장한 고궁 처마는 눈에 보이질 않고
울창한 대궐 숲도 간데없이 사라져
오직 그녀와 발을 맞춰야 걸음을 옮기고
비를 피할 수 있던 그날

나는 그녀가 내 품에 안겼다는
그것이 착각 아닌 현실로 이루어질 줄이야
풋내음 겨우 가신 아리따운 아가씨
방년 23세,

충절고향 충주땅에서 태어난
최진사댁 팔남매 중 셋째 딸과
이렇게 깊은 사연을 만들다니

매일매일 그녀의 고운 목소리를 듣고
속삭일 수 있는 기쁨의 시간은 어느새
찬 가슴을 녹이며 연정으로 데워져 갔다

기다림은 늘상 만남을 이어주고
만남은 애정의 꽃을 피워내며
고즈넉한 장충단공원 밤길을 걸었다

저만큼 떨어져 있는 희미한 가로등 불빛과
푸른 숲은 우리를 감싸안아 숨겨주었고
슬며시 그녀의 가냘픈 손을 잡은, 억세고 투박한 나의 손
두 손이 모아지는 자리에 우리 첫사랑은 깊어만 갔다.

제2부 봄꽃 같은 아내

제3부

가을 지나 겨울

가을 문턱

차분히 내려앉는 초가을 밤
어둠 속에 튕겨 나오는
풀벌레 선율 타는 울림소리
깜빡 졸음 눈부비며 일어났다

벗들아 목청껏 노래부르자
어데론가 함께 떠나도 보자
별 숨고 달 질 때까지…

그림자 없으니 찾는 이 없을 테고
있다 한들, 세월만 까먹은 나
누가 반겨 찾을 것인가
밤 맞도록 너희들과 노닐고 싶구나

장닭 홰치는 소리에 하루 열리고
시절 더불어 여름도 떠나는데

새벽 바람 서늘해 창문 닫으니
너희들 노래소리 잦아들고
어느새 먼동, 가을 문턱에 섰네.

| 이병구 시집

밤나무와 아람

봄꽃 숨어버린 초여름
초록 덮인 산골마다 하얗게
뭉글뭉글 뭉게구름 피듯이

향 짙은 꽃덩어리 밤꽃이 피네
시큰한 향기 물씬 풍겨내며
산기슭 퍼져나가 꿀벌 부른다

잎새에 얼굴 묻고 비바람 맞으며
땡볕 견디고 자라난 밤송아리
갑옷에 가시주먹 여린 밤알 지킨다

초가을 선들바람에 밤은 영글어 가고
밑짱돈 밤송이 누런 빛 언저리
쩍 벌어진 송이 터져 아람 쏟아낸다

땅바닥 빨갛게 떨어지는 밤톨
다람쥐 꼬리 세워 왔다갔다 부산떨고
망태 메고 집게 든 손 알밤을 줍는다.

울타리콩

틈새 빛 한 모금 마시는
응달짝 터잡고
싹트고 줄기 뻗는 울타리콩

높이 높이 솟아
허공 저으며
무엇이든 휘어잡고
하늘 향해 오른다

어느새 맨 꼭대기
햇볕 차지하고 앉아
헝클어진 실타래
엮고 꼬아 뻗어나가며

꽃 피워 맺는 열매
톡톡 불거진 콩꼬투리
앙증스런 씨앗 주머니
주렁주렁 매달고 있네.

70

산비둘기

외나무가지 홀로 앉아
가을비 쪼로록 맞으며
꾹~꾹 꾹욱꾹 산비둘기
목메인 소리 구슬프구나

짝을 찾느냐 부르느냐
훠이 훠이 어여 날아가
뻐꾸기 데려와 궂은 날이나
걸어 가려므나.

사랑의 마디

초가을 느티나무

여름내 그늘 내준 푸른 느티나무
골바람 불어 시원하던 작은 평상 위
한두 잎 떨어지는 네 모습 쓸쓸하구나

하늬바람에 누렇게 된 구지렁 잎새
휘~이 날려 들꽃 위로 내려앉아
미끄러지며 땅바닥에 쌓이고

지워지는 초록은 아직도 푸르름 남아
한낮 따가운 햇살을 가려주는구나
널 벗삼아 언제나 찾는 만남의 쉼터

높새바람 불고 찬서리 내리면
노랑잎 곱게 머물러 있을 테지
노을빛에 흠뻑 젖어 물들거든
움돋는 자리 남기고 떠날 채비 하려므나.

72

땡감이 익어간다

감나무 잎사귀 그늘 속
긴 여름 비바람에 얼굴 내민 땡감
귀뚜라미 소리 귀 거슬려
무더위 역정내고 돌아선 자리
성큼 다가와 빙그레 웃음짓는 가을인가

설익은 연노란 땡감
벌써 침시 담글 만큼 맛들었나
어느날 까치 찾아와 놀이터 되더니
후줄근히 잎새 떨어진 늦가을

가지 휘도록 주렁주렁 황금송이
발그스름 연홍시 수줍은 얼굴
내뱉어야 할 떫은 맛 삭히느라
속을 태워 불덩이 되었구나.

가랑잎

가을이 타오르네
황금빛 이글거리는 붉은 단풍
온산에 번져 불을 지르고
등너머 구름 연기 피어 오른다

진 빠진 잎새 대롱대롱
꼭지 떨어져 바람결에 날리고
마른 잎 불속에 남아있는 재
계절은 지워지고 세월은 간다

어이, 가랑잎 뿐이랴
살아 있는 모든 것 너와 같은 삶
그 몸에 간직한 아름다운 희생
밑거름 되어 새 세상 다시 오리니.

74

눈 오는 날 벗들과

겨울 눈바람에 한해가 떠밀려가네
훤히 드러난 능선 산비알 타고
흰눈이 펑펑 쏟아져 내린다

내리는 눈발에 외투깃을 세우고
벗들과 이야기 나누며 걷는 길
눈보라 가슴 속 파고들며 품에 안기네

뒷동산 늘푸른 솔밭길
눈위에 발자국 새겨가며
와자지껄 호탕한 웃음소리
골짜기 부딪쳐 메아리친다

동산 올라 사방을 둘러보니
먼산은 숨어 간 곳 없고
푸른 솔 가지마다 하얀 꽃 피어있네

참대밭 시마당 글 벗님들아
눈덮인 산자락 밟고 노래부르던
아름다운 추억 담고들 가게나.

송설화 松雪花

청솔가지 휘도록 탐스런 눈꽃송이
뜰 앞 잔솔 위에 가득 피어 있네
초저녁 어스름 달빛 지워 버리고
경이로운 세계를 펼쳐놓는구나

칠흑의 밤이련만
하얀 새벽 열어가며
긴 밤 지새워 꽃 피울 모양인가

사랑스런 눈빛 주지 않으면
저 송설화 시들 것 같아
하품도 졸음도 참아낸다

먼동 찾아와 햇살 내리면
곧 지워질 그림 한 폭…
너와 만난 황홀한 추억
아름다이 간직하고 싶구나.

76

겨울 그림

진눈깨비 싸락눈 달려와
성큼 겨울 문 열고
가을걷이한 빈들에 함박눈 내리네

흰눈 내려 덮인 땅 위에는
가지마다 탐스러이 하얀 꽃 피고
설원에 새기는 아름다운 그림

앙상하게 알몸 드러낸 나무들아
세찬 바람이 때리거든 함성 지르고
두 팔 쫙 벌려 버티고 서거라

노루꼬리 짧은 햇볕에도 언 눈 녹아
고드름 타고 떨어지는 물방울
꽁꽁 언 땅 뚫고 봄이 찾아온단다.

벗과 동행

이보게 친구, 건너와 보게
나와 동산에 올라
정암산 해오름 보세
먼동 앞세워 떠오르는 태양

솟아오르네 붉고 강렬하게
하얀 대낮을 만들고 있네
그 하루라는 꼭지점에서
끝이 있음을 알게 되었지

밤낮의 이음이 세월 빚어내
억겹으로 쌓이는 날빛에 묻혀
빈 곳도 틈도 없는 곳에서
얼마나 몸부림쳤던가

보게나 중천에 뜬 여름 태양이
우리 몸 뜨겁게 달구며
젊음을 사르고서야
기울어지고 있지 않은가

자! 몸 가눔 좌정하며
배나무골 서산 마루에 걸린 해
검단산 노을 붉더라도
자네와 나는 오래도록 버티세

금봉산 기대어 둥지 허락 받았으니
팔당호 잔잔한 물결처럼
변함없이 웃으며 삼세나
두 갈래 한강 줄기 하나로 화합시킨
떠드렁(족자)섬 바라보며 말일세

강언덕 오르는 물안개
운길산 중턱 걸려 맴돌고
구름 찾아 가는 길 잊었나 보네
우리가 알려주며 살아가세

저 산 넘어 너머로 길 내며 가라고
그곳엔 애타게 비를 기다리는
가뭄나라 있으니
가서 목마름 채워주라고

여보게 친구
떠오르는 저 안개만도 못한
우리네 인생이 아닌가 싶네
육신에 연연하고 싶지는 않으나

자격도 갖춤도 없이 살아온 길
뇌까리는 앙금 너무 많아
가라앉히기가 꽤나 힘들구먼

안개같이 가벼워야 훨훨 날아
우리 영혼 본향에 이르러
후회 없이 영원히 살아갈 것 아닌가.

근산近山 김세일 고향 벗
한 마을에 살면서 지은 노래.

두 아버지의 끈

먼 곳에 머물다 서둘러 찾아온 봄
심술궂은 찬바람이 휘몰아쳐
포근했던 봄 햇살을 밀어내던 날
아버님은 노을빛 깃든 온기 없는
저 먼 곳으로 홀연히 떠나셨습니다

무거운 짐 모두 내려놓으시고
하늘가 저 먼 산 너머 외진 곳에
외로이 살고 계신 것만 같습니다
아버님의 자취도 흔적도 없는
잔솔들이 동리를 이루어 한 데 모여 사는 곳

한 줌의 진토 되어 머무르실 흙, 그 앞에 서니
메어오는 슬픔을 감당할 길 없어
제 마음 속 깊이 심어 놓은 "얼"을 끌어안고
하염없는 눈물 흘립니다

아버님! 처음 뵙고 큰절 올릴 때
눈가에 맺힌 눈물을 보이시며
애야 늠름하고 훌륭하게 컸구나
인자하신 모습으로 자상하게 일러주시던
내가 모르는 지워진 세월의 옛이야기들…

널 낳아주신 아버지는 아주 출중하신 분이셨단다
이어 가거라 기대하마
듬뿍 주신 정 흠뻑 받은 사랑
받기만 하던 철없는 이 자식
뉘우치며 용서를 빕니다

그 누가 알리오
불효자의 애린 가슴 속으로 파고들던 냉기
겨울 뻘바다에 드러난 진흙처럼
싸늘하게 살아온
이 못난 자식 심성이 밉기만 합니다

왜 그래야만 했을까, 뜸한 발걸음
도리를 저버린 뉘우침과 괴로움
수많은 격려의 그 말씀
고이 간직하고 깊이 새겨
모진 세상 거친 세파 헤쳐가며
힘을 얻고 용기 얻어 살아오지 않았던가

82

아버님! 음성이 귓전에 들리는 듯합니다
먼 훗날 세월 흘러
나의 기억이 희미하게 덮여 사라질 때까지
어찌 잊으오리까

아버님이 맺어놓으신 형제의 끈 꼭 부여잡고
아름다운 길 만들어가며
따뜻한 손 서로 잡고 위로하며
깊디깊은 화목강을 건너렵니다.

*두 아버지 : 날 낳으신 아버지, 친구분을 아버지라 칭함

영별永別의 묵례默禮

여보게 친구,
빗긴 노을 바라보며
함께 가던 길이 아니었던가
힘겹게 오르던 칠부 능선에 이르러
누가 쉼을 청하라 하던가

엄동설한 에이는 칼바람은
앙상한 나목裸木을 때려 엉엉 울고 있는데
머무르고 쉴 곳이 어데 있다고 떠나셨는가

영전 앞에 서니
왜, 이렇게 목이 메어온단 말인가
줄기 잘려진 흰 국화 한 송이
허전한 제단 위에 놓고 눈을 감네,
분향 연기 피어올라
가슴 적시며 슬픔만 더해갈 뿐

영별의 묵례 드리는 동안
몸은 안개 되어 하늘 향해 떠나가고
한줌의 재, 흔적없이 진토로 돌아간 뒤
가슴 속 맴도는 "얼" 안고 살아가다

84

그마저 세월 더불어 희미하게 지워질 때
벗이 간 길로 언젠가 나도 떠나리이다.

제4부

인생 여정에서

하루

어스름은
태양을 삼키며 잠들고

새벽은
칠흑의 밤을 털고 일어나며

한낮은
뭇 생명이 요동치며 살아가는데

노을은
겹겹 쌓인 날을 감싸안는다

짧은
하루가 세월이라면

오늘이
허락한 만큼 감사하며 살아가리라.

새날에

홀쩍 떠나간 한해
몇 줄 쓰다 넘긴 일기장
빈칸 남겨둔 채 새날이 밝았다

아쉽게 보내고 돌아선 자리
먼 동 터 해 돋는 날이
새해 새날이 아니던가

떠오르는 해 바라보며
바램 소원 빌어
무엇을 찾으려오
무엇을 얻으려오

소홀히 흘려보낸 날
덧없어하지 말고
해는 매일같이 뜨고 있으니
지금부터 힘차게 출발하려오.

사랑의 마디

설잠

모자람 채우려
나뒹굴던 몸
해녘 노을에
아쉬움만 쌓이고

뇌까리며 뒤척이다
어두움 뒤집어쓰고
잠을 청하건만
덧들린 새벽 설잠

괴로움을 잃었다 싶었는데

꿈이란 놈 찾아와
이리 끌고 저리 끌어
제 멋대로 휘젓고
조롱하다 사라진다

무거운 눈꺼풀은
덮어 내리는데
동녘은 훤히 밝아
또 하루를 열고 있다.

오고 간 길

지름길 찾아 숨 가쁘게
다다른 곳이 여기였던가
마음에 담아놓은 아름다운 그림들
머물러주지 않고 사라진 것이 아쉽다

이제는 더디더라도 좁은 샛길 찾아
오래도록 가고 싶다
가파른 언덕길 만나면 돌아가리라
힘겹게 오른 비탈길 내려올 때
몸 가누기 어려울 것 아닌가

느린 걸음으로 천천히……
한때는 깔딱고개도 겁 없이 단숨에 오르고
보잘것도 내세울 것도 없는 옛이야기
화려하게 포장하고 너스레떨며
감추고 살아온 날 많았었지

보람은 적고 사연 많은 세월
오고 가던 길
이제는 흔적조차 사라진 자리
어렴풋한 추억만이 나를 지탱케 하네.

시름을 날리며

뜻도 보람도 없이 지나온 날
시름에 잠겨 뒤돌아보며
새김질하는 계절이 찾아왔네

모진 바람에 꼭지 뗀 마른 잎
바닥으로 나뒹굴고
차곡차곡 덧 쌓인 눈
해넘이 가물가물 서산을 넘네

대수롭지 않게 바라보던
저물녘 노을 앞에
수없이 많은 날 헛되이 내주다보니
소중함 모르고 내닫던 지난 날

떠난 자리 머무르는 허전함
어르고 달래 제 시름 삼키며
풀잎 맺힌 이슬로 남은 날들
백발 성성한 이마를 짚고
살아갈 날 헤아려 본다

횡하니 솎아낸 듯 빠져 나간 머릿결
빗질만 해대는 것이
거울 속 남겨진 맵시련가
차례차례 밟고 가는 생로병사
시름 자락 날리며 먼 산 바라본다.

날빛

밤을 밀어내고 찾아온 먼동
해오름 밟아볼 양으로
곤한 잠 몰아내고
검검스레한 눈꼽 떼 게으름을 걷어낸다

햇살 퍼지기 전
등산길 밤이슬 많이도 내려
바짓가랭이 흠뻑 적시는데
무엇을 얻기 위해 살아왔나

겁 없이 덥석덥석 외상으로
가져다 쓴 수많은 날들
날빛은 탕감받을 심사였던가
무뎌진 오기 세우고 또 세우고…

저만큼 떨어져 나간
세월이 아쉽고 멀기만 한데
내 탓으로 돌리고 싶지 않은 일들
왜 그리도 많이 쌓였단 말인가

94

꿈은 허상으로 남아 맴돌 뿐
공로 없이 살아온 내 인생
주어진 나의 분깃마저 감당 못하고
너그러움마저 말라 버린
옹졸한 나를 보게 되는구나.

흔적

날끈이 이어준 세월
저며 놓으면 그래도
한 아름은 되겠지 했는데
한 줌도 못되는 초라한 모습
힘겹게 빈곳을 채우려 했던가

허둥댄 육십년
빛바랜 삭은 줄 잡고 당기려 하지만
끊어질까 걱정이 앞서네
저 산천 더욱 아름답게 보이고
해거름 노을빛 입으니

괴롭게 드리웠던 그림자
모두 쓸어담아 털어버리고
삶에 끼친 흔적
조금이라도 챙겨 내 몫 삼아야
허깨비 육신 강가에 이를 때

어데로 갈까 서성이며
길 물어볼 일 없을 것 아닌가
세월아! 이제야 조금은 알 듯하네

다가서고 떠나는 모두가
영영 사라질 뿐이라는 것을……

제 4 부　인생 여정에서

사랑의 마디

크옵신 님께

태초에 지으신 터
님께서 머물라 허락하시니
아름답게 꾸미고 가꾸렵니다

꼼꼼히 추상推想하고
골똘히 생각하며 시작했습니다
얕은 지혜로 정성껏 만들어가며
마음 담아 드러내고 싶습니다

이 육신 언젠가 오라시면 가야 하니까
흔적이라도 남겨놓고 싶어서요
그마저 버리라 하셔도 괜찮습니다
한 세월 잠시 빌려 쓴 것뿐이니까요

님께서 맺어준 울타리 안 사람들
다툼과 갈등도 있어선 안 되겠지요
심성도 착해야 한다는 것도 압니다

우리 가족과 늘푸른 소나무들
이야기 나누며 웃음꽃 피우고 있으니까
마음이 고약하면 모두가 상처받고
무지갯빛 꿈이 사라질 테니까요

님께서는 아시지요, 제가 간절히 바라는 것
문향文香의 고향을 만들고 싶습니다
그 소망 꼭 이루어 주십시오
님이 아니시면 이룰 수 없는 꿈 하나를…

나라사랑

태극기 펄럭이는 하늘 보아라
애국가 큰소리로 불러보자
아리랑도 함께 부르자

이 나라가 어떻게 일어섰는가
맥박이 쿵쿵 뛴다
가슴 벅차고 뜨겁다

나, 이 땅에 칠십년 살아오며
보았고 겪어 왔기에
왠지 기쁨의 눈물이 쏟아진다

아~ 대한민국 나의 조국.

강강술래

위 아래 오른쪽 왼쪽
거미줄 막혀 갈 곳이 없다
거룩한 반도의 땅, 대한민국
헤쳐들 모여라
서로서로 손잡고 강강술래를 돌자

막말 쏟아내는 혀, 무궁화 시든다
너, 토해낸 입김
맑은 공기 오염시키고
입에서 튀는 침
깨끗한 이 땅 더럽힌다

조상이 살았고, 내가 살고
우리의 후손이 살아갈 땅
살이 찢겨지고 떨어져 나가야
아픔을 느끼겠는가

큰 짐승들이 먹이 찾아 으르렁거리고
독 이빨 발톱 감추고 달려든다
여우떼 물 건너 살금살금 기어온다
바다와 땅과 하늘을 지키자
모두 손잡고 일어나, 강강술래를 돌자.

기상하라 겨레여

백두산白頭山 천지연天池淵
조상님 내리신 깊고 큰 우물
반도의 땅 샘물줄기 이어놓으시고
독도와 이어도까지 흐르게 하셨네

후손들 목마르지 않게 마시도록
물려주신 유산이러라
하늘에 큰 소리 있어, 기상起床하라 겨레여
저 북녘을 보아라 그대들의 땅이거늘

달려가라 넓은 땅으로…
여우에게 잠깐 홀려 몽땅 빼앗기고
36년간 짓밟히다 찾은 땅 상기想起하라

곰과 돼지들이 풍산개 앞세워
먹잇감으로 갈기갈기 찢어낸 조국이여
폐허 속에 허리 꺾인 백성의 신음소리 들었는가
인두겁 쓰고 나라를 갉아먹는 '쥐' 떼들아

102

미친 풍산개, 새끼쳐 핵폭탄 물고 살겠단다
곰, 돼지, 여우떼들이 다시 몰려든다 해도
덫을 놓고, 올가미 씌워 산채로 잡아
철옹성 우리 안에 가둬 동물농장을 경영하자

오천년 역사 큰 걸음 떼는 후손들아
그대들 가슴을 펴고 새아침을 맞으라.

허접쓰레기

두 눈 부릅뜨고
격랑激浪의 세계를 가고 있는데
나라곳곳 도시 촌촌마다
훼방꾼 몰려다니며 난리치고

몹쓸병 걸려 심보가 꼬여
소란 피우는 고질병자들
전염병 옮기지 말아라
멀쩡한 뇌가 흔들린다

곳간 들어와 파먹는 쥐떼
아무짝에 쓸데없는 기생충
피땀 흘려 일궈놓은 선열의 땅
더럽히지 말아라

으뜸세상 만들어 갈 후손에게
허접쓰레기 각질을 벗겨주자
거룩한 나라 대한민국
자유평화 누리며 영원하리니.

앙갚음

야스쿠니신사
죽은 자와 산 자가 전쟁 모의하는 곳인가
섬나라 족장을 천황이라 부르며
넘보며 틈타 노략질하던 족속

바다 밑 터져 물기둥 솟았다
해일이 노도와 함께
무섭게 밀려들어 원전까지 쓸어내
징벌의 대가로 받은 것이니

너희들 손에 모질게 핍박받고
죽임당한 한 서린 영혼들
그 숫자만큼,
처참하게 시들어 갈 것이니

살기와 독을 내뿜으며 살아도
죗값은 치뤄야 하느니, 사죄하라
앙갚음은 악행대로 받는 것
뉘우치고 근신하며 날뛰지 말라.

제5부
내 곁에 형제들

비행기

이예진

와, 비행기가 온다
비행기야 비행기야
앞을 똑바로 보고
잘 갔다 와
내일 또 만나자, 안녕.

*20개월 된 손녀가 읊은 시

108

해충 · 1
— 모기

여름에 지옥 탈출했나
앵~앵 싸이렌 소리내며
해질 무렵 나타나 기습공격

밉살맞게 얄미운 모기
잠든 침실 몰래 들어와
온몸 콩멍석 만들어 놓고 도망치네
허허 조그만 미물이

어둠 속 날아다니며
맨살 찾아 내려와 쏘아댄다
근지럽고 따가워 벌떡 일어나
환하게 불을 밝힌다

납작 엎드려 몸 숨기는 놈
밤잠 설치고 화가 잔뜩 나네
찾았다, '퍽' 손바닥치는 소리
벽지에 빨갛게 물들여놓고 피 그림 그렸네.

해충 · 2
― 파리

파리떼
더러운 곳에 발 담가
멋대로 옮겨다니며 핥고 코댄다

밥상머리 날아와
휘젓고 다니는 놈
너, 어데 앉았다 왔느냐
생각만 해도 더럽고 역겹구나

쫓아내도 뺀질거리고
끈질기게 날아와 붙어
손바닥 마주쳐 잡으려면
손가락 사이로 도망치고

파리채 집어들어
탁, 소리로 끝나는 목숨
썩은 곳 찾아 몰려들어 쉬 까리고
똥 좋아하는 놈은 너밖에 없구나.

110

해충 · 3
— 쇠등에

무더위 쩌내리는 여름
피먹이 찾아 쏘다니는 쇠등에
홀렁 벗은 맨등허리 위로 윙윙
땀 냄새 맡고 득달같이 달려든다

손바닥 스쳐맞고 줄행랑치더니
소 배통 후미진 자리 옮겨 붙어
주둥이 대고 연신 피를 빨고 있다

소꼬리 긴 채 휘둘러 쫓아보지만
움푹진 곳에
찰싹 달라붙어 떨어질 줄 모를 때
빗자루 휙, 소리내며 등에를 잡는다.

봉화로 떠난 형

태백준령 한 자락 저며 내린 봉화대곡
외진 샛길이 형님을 초대했나요
산천풍광 아름다워 햇살 따라 바람 따라
잠시 길손으로 찾아든 인연
뿌리치지 못해 매인 정 깊어졌나요

뒷산은 장엄히 솟아
기슭 내린 협곡 사이로 감춰지고
앞산은 우람히 뻗어
겹겹이 부둥켜안고 이어진
깊은 산중에
괴로움 토해낼 한이 많아서
홀로 허기를 참는 건가요

기진氣盡한 세월의 상처
잡목을 베어가며 심신을 위로하십니까
마른 풀섶 헤치고 찬서리 밟으며
이 골 저 골 다니며 무엇을 찾으시나요

트인 서쪽 골바람 타고
몰아치는 눈보라 맞으며

쌓인 눈에 미끄러지면서도
겨울은 참 아름답다고 하셨지요

지금은 흔적조차 사라진 자리
두툼한 땅 뚫고 솟아나는 여린 싹
굳센 생존의 법을 터득하셨나요

흙 터 잡아 좁은 공간에도
불평 없이 이웃하며
살아가는 풀을 보고
잡초라 이름붙인 사람들

호미로 캐고 낫으로 잘라내는
풀들의 시련을 보며
줄기차게 이어가는
생의 질김에 배울 것은 없던가요

탓만 하던 마음의 갈등
털어버리기 위함인가요
채전 일구고 넓혀가며
돌멩이와 싸우고 풀과 다투느라

사랑의 마디

몸이 쪽 빠지도록
땀 흘려 수고한 대가도 없는데
늘 즐거움 찾고 기쁨을 얻어
감사하는 모습에 경의를 표합니다

형!스스로 낮추어 왜소해진
산속 늙은이로 머물지 마시고
힘과 용기를 내세요

닭장 옆 뙈기밭에 심은 마늘
동장군 물리치고 지금쯤
한 뼘은 자라 쫑대를 올렸겠지요

토종병아리 많이 불려
식솔을 늘렸다 하니 경사났네요
산새 들새 모여들어 봄노래 불러대고

앞마당 건너
대추밭에 무리지어 다니는
뜨락새 쫑쫑거리고 삐약대니
볼 만하고 재미있겠습니다

114

지천에 흐드러진 달래 캐다
봄맛을 음미하며
타향 산골 정붙이고 사노라면
이 일 저 일 모두 다 잊어지겠지요

님께서 지으신 자연의 세계
너무도 아름답게
펼쳐지고 있음을 느낍니다

짙게 깔린 회칠의 침묵을 떠밀어내고
달려들어오는
생동의 맥박이 대지를 흔들어
연초록 물감자루 터뜨려
뭉글뭉글 봄이 번져나는
그 모습 보시고 있겠지요

뒤꼍 개복숭아 열매 솜털 나오면
계절이 바뀌고
앞밭 대추나무 가지에
움트고 꽃이 피면 여름이 다가옵니다

매놓은 똘방이놈 풀어줘어 잔정 나누고
재넘어 밭 오갈 때 그 녀석 앞세워
길잡이 말동무 삼고, 꼬리 흔들어대면
열 아우 부럽지 않으시겠죠

형, 해마다 이맘때면 생각나는 곳
혈육부모 사랑부모 초라한 무덤가에도
작은 무명화 피고 지는
4월이 찾아오겠지요

어린 시절 지게 동바리보다
작은 키에 바소고리 올려놓고
쇠꼴 베던 그 시절이 떠오르네요
낯선 세상 속으로
내동댕이쳐 버려졌던 형제

다행인가 요행인가
할머니 품속에서 사랑을 흠뻑 먹고
엄하신 할아버지 앞에서
배운 지식 익혀둔 지혜
여지껏 울궈내 요긴하게 쓰고 있네요

116

할아버지께서 하신 말씀
귓전에 들리는 듯합니다
생아자도 부모요, 양아자도 부모니라
철없던 바보가 늦게 깨달아
평생을 가슴앓이하며 살아가네요

어느새 자식들이 장성하여
못다 이룬 바램 보따리를
나누어 진다고 하니
기초가 부실한 나를 돌아보게 됩니다

늙어지면 구구절절
후회만 먹고 산다는데
내가 그 지경될까 걱정이네요

형, 훌훌 털어내고 봄이나 즐깁시다
산야 지천에 돋아나는
봄나물 뜯어 무치고
두릅순 엄나무 새순 따다 슬쩍 데쳐

막걸리 한 사발 단숨에 마시고
초장 찍어 안주하면
일품요리 되겠지요
거나하게 취기가 돌면
껄껄 웃으며 소리쳐 보세요

저 너머 너머에
나도 동생 한 놈 버티고 있다고
형, 이 봄 가기 전에 담근 술 한 병 가지고
봉화 산더덕 맛보러 갈까 합니다
사랑하는 형의 모습 그리면서……

봉화 가던 날

봉화골 첩첩산중
터 잡아 형님 사시는 곳
조카녀석과 동행키로 하고
솔치마을 앞에서 만나
내달려 두 시간을 갔다

소백산 죽령재 이르니
구름 걸터앉아 머물고
한참이나 긴 터널 빠져 나오니
소나기 한 줄금 퍼붓고 지경地境을 가른다

저 멀리 희미하게 보이는 산맥
태백준령인 듯
초행길도 아닌데
왜 이렇게 만감이 찾아드나

오늘이 어린 형제 남기고 떠나신
아버님 추도일이다
나 세상에 나온 지 칠 개월 넘긴 날

강보에 싸여 옹아리하며
방바닥에 배밀이할 때쯤일까
이십칠 세 일기로 소천길 떠나셨다

조카와 집사람에게 어릴 때 먹던
밀 부침개 이야기하며
설움이 복받쳐 오른다

그때 할머니는 삼복더위 지나
찬바람 나고 열린 애호박을 따다
채썰어 밀 부침개를 붙이셨지

1946년 음력 칠월 초하루, 그날이 되면
들기름 냄새로 온동네 진동시키고
'병구' 애비 제삿날을 알리곤 했단다

꺼지고 무너지는 아픔, 가슴에 묻고
소당뚜껑 엎어놓고 불지펴
들기름 두르고 맺힌 한을 달랬으리라

세 시간여
대곡 갈산 외길로 접어드니
풀향기 바람 타고 골마다
풋내가 가득하다

싸리꽃 씨를 품고
송골송골 피는 산길
허리굽혀 낯선 길손 맞이하고

묵은 밭가 꺽다리 달맞이꽃
이른 가을 햇살 받아 환하게 웃으며
우리 일행을 반긴다

칠백고지 형님집 도착하니
채반 속에 몇 줌 널린 빨간 고추
봄부터 형님이 수고한 열매
가을을 재촉하는 듯하다

아우 왔다고 토종닭 잡느라 부산한데
왜소해진 형님 모습 보니 눈물이 핑돈다
산속 생활이 즐겁다지만
속내를 알 수 없는 괴로움에 지치셨나
스스로 선택한 유배지는 아닐는지……

둘린 상 마주 앉아
추도예배를 드리는 단촐한 가족
모습마저 짠하게 초라해 보인다

칠흑 밤하늘, 아기 주먹만한
수많은 별들이 쏟아진다
봉화만이 숨겨놓은
밤의 향연을 보고 있노라니
산골 생활도 그런대로 괜찮을 듯싶다

뒤척이던 잠자리 선잠으로 아침을 맞아
조반상 앞에 앉고 보니
헤어짐이 못내 아쉬워
동해바다로 가자고 한다

꼬불꼬불 고갯길 몇 번이나 돌았을까
산정에 올라 앞을 바라보니
용틀임하며 힘차게 뻗어 내린
장엄한 태백준령

메어 나가는 운해는 섬을 만들며
동해를 끌어들여 장관을 이룬다
참 아름다워라 님이 지으신 세계

백암 길가 백일홍 꽃길 열려
후포로 가는 길을 안내하고
발 앞에 펼쳐지는 망망대해
아! 동해바다, 후련하구나

형님과의 동행이
이렇게 푸근하고 좋을 수 있나
부둣가에 이르니 비르지근한
바닷내음에 시장끼가 돈다

동해에서 살오른 녀석들
상추쌈에 초장 그릇을 비워댔다
형님과 함께한 시간 넉넉함도 나누었으니

서로 아쉬운 마음 안녕을 빌며
깊은 정 함께했으니
드넓은 동해바다와
헤어짐도 기쁘고 아름답구나.

압곡천 여름휴가

압곡천 취석마루 곁산에 노래하던 소쩍새
인걸이 떠난 뒤 세월 속에 숨었나
깊은 잠에 빠졌나 부름이 없네

초저녁 잠든 청산
깊은 계곡 시냇물 소리 빈 산 울리고
곤한 세월 쉼 없이 냇길 따라 떠났으리라

어스름 산기슭에 물안개 피어나고
밝은 달빛 구름 사이로 쏟아져 내리는
신비로운 야경에 사로잡힌다

한울타리 형제 이십 명,
달빛 조명 비춰, 맞이하는 밤
둘러보아도 장엄하게 겹쳐진 산 속

놉세나 즐거이 흥겹게 흔들림에 취해
소리 높여 노래 부르고 춤추며
그 잘난 자존심 모두 버리고 가세

124

압곡천 물살에 깎여 나간 동그란 몽돌
옛적에는 모가 난 큰바위였다네
세파에 찢긴 마음 쏟아 붓고들 가세나.

　　*압곡천 : 강원도 횡성에 있는 계곡 이름

사랑의 마디

봄

봄 달려오는 소리
실바람 지나는 길목
헛볕은 따사롭고 눈부셔라

멈칫거리는 찬바람 등 떠밀고
마주하는 솔솔바람 첫인사 나누며
햇살 포근한 품으로 봄이 안기네

봄 맞으려 고이 품은 돋음망울
여린 싹 고개들어 실눈 뜨고
연둣빛 잎새 야들야들 피어난다

꽃망울 움켜쥐고 잠자는 꽃들
모두 흔들어 깨우고
벌나비, 새들도 다 모여라
봄노래 부르며 꽃잔치를 열어보자.

한울타리 송년회 기도

사랑이 많으신 하나님.

여기에 모인 형제자매들 품에 안으시고, 한 해의 끝자락에 이르기까지 섭리 안에 두셨다가 서로가 급한 소식 전해 듣지 않고 안녕한 모습으로 만날 수 있게 하심에 감사를 드립니다.

그렇게 멀게만 느껴졌던 한 해, 걷기도 하고 뛰기도 하며 다사다난으로 채워진 날들을 돌이켜 볼 때, 공허한 빈자리도 남아 있고, 이룸으로 결실하여 보람으로 간직하게 되는 나날, 세월을 이렇게 메꾸어 가는 것이 우리네 인생의 여로가 아닌가 싶습니다.

내 진정 사랑하는 한울타리 형제들, 안 좋은 기억일랑 흐르는 세월 속에 흘려보내고 좋은 일만 기억으로 간직하여 화목과 평강이 이루어지게 하옵시고, 하나님의 은총을 한 몸으로 받아 누릴 수 있도록 원천의 복을 우리 형제들에게 내려 주시옵소서! "늘상" 우리들에게 주어지는 분량만큼 감당하게 하옵시고, 작은 것을 얻든지 큰 것을 얻든지, 만족하여 감사할 줄 아는 형제들로 삼으시고, 베푼 것을 기억하기보다는 "늘" 못다 준 것을 아쉬워하는 형제들이 다 되게 하여 주시옵소서!

우리들이 큰 뜻을 세워 만들어 놓은 울타리가 비좁고 협소하면 외롭고 소외된 이들이 마음 놓고 드나들 수 없는 것이 아닌가 심히 두렵습니다.

주님! 우리 형제들에게 세상을 품어 감싸줄 수 있는 큰 울타리를 허락하시여 빈들에서 세찬 바람이 닥칠지라도 의지할 수 있고 머물러 쉼을 청할 수 있는 그런 곳으로 삼아 주시옵기를 간절히 바라고 원합니다. 멀리 문경에서 온 작은 '요한의 집' 가족과, 외로우신 할머니들, 그리고 '상인이' 와 '효상이', '혜경이', '광훈이', '송이', '두겸이', '유리' 형제들, 하나님께서 장중에 붙들어 주시고 선히 인도하여 주시옵소서!

비낀 노을이 한 해를 접어가지만, 내일의 여명은 또 다시 찾아들어 온 누리를 충만한 햇살로 채워질 것이며, 땅을 보고, 하늘을 보고, 미래도 바라보며, 영원한 그 나라에 소망을 두는 모인 이들이 다 될 것을 믿사오며,

예수님의 이름으로 기도드립니다. ─아멘─

2004년 12월 18일

경기도 광주시 남종면 분원리 아리아호텔 연회장에서…

소희에게 보낸 편지

　착하고 곱게 자란 소희야. 이 편지가 너의 앞날을 힘차게 발돋움하며 즐겁게 나아갈 수 있기를 바라는 뜻에서 글로나마 서로의 교감을 열어본다. 네가 한울타리 아저씨들에게 보내온 편지를 읽어보고 깊은 감명을 받았다. 방금 땅속에서 다소곳이 솟아나는 여린 새싹 같은 네 마음을 보았구나. 감추고도 싶고 드러내지 않고 숨길 것도 많은 어린 소녀인 네가 너의 가정 사정을 열어 보여주고, 네 마음의 문도 열어놓으니 너무도 고맙구나.

　소희는 그림을 좋아한다고 했지, 그래 마음껏 그려 보아라. 꽃을 그리려면 웃는 꽃을 그려보고, 나무를 그리려면 잎이 무성하여 힘차게 박수를 치는 나무를 그려보아라.

　소희야! 산도 강도 바다도 그려보지 않으련, 높은 산위에 올라가 모두 내려다보며 작은 산도 넓은 들도 그려 넣고, 계곡에서 흐르는 작은 개울물이 큰강을 이루며 넓고 넓은 바다가 되는 것도 그려보렴, 거기에서 세상을 밝게 비춰주는 태양을 바라보면서 네 마음을 담아 멋지게 그려보는 거야. 꼭 네가 뜻하는 바 소망이 이루어질 테니까. 음악도 좋아한다고 했지. 참 좋은 취미를 가졌구나. 마음껏 펼쳐 보아라. 듣는 소리로 만족하지 말고 남에게 감동과 감화를 줄 수 있는 음악으로 채워가야 할 것이다. 매사에 노력 없이는 얻는 게 늘 부족하단다. 열심히 찾으면 반드시 찾아질 것이다.

바램도 꿈도 많은 소희는 수학도 재미있게 풀어낸다고 했는데 참으로 대단하구나. 네가 이 세상을 살아가려면 수학보다도 더 어렵게 풀어나갈 과제도 숙제도 쌓인단다. 매이고, 묶이고, 꼬이는 것이 닥친다 해도 늘 지혜롭게 풀어나가야 된단다. 수학은 공식이 있지만, 세상 살아가는 일은 난데없이 돌발적으로 나타나는 문제가 많이 있단다. 지식으로 풀려 하지 말고, 지혜롭게 풀어야 어려운 문제도 술술 풀리며 이 세상에 우뚝 설 수 있게 된단다.

소희야! 넉넉함만이 행복이 아니요. 화목을 이루어 나가는 것이 아니라고 생각한다.

네가 지금은 힘겹게 공부를 하고 배움의 길을 가고 있지만 어떠한 경우에 처할지라도 배움의 끈을 놓아서는 안 되는 것을 절대 명심해라. 쌓아둘 것은 지금부터 차곡차곡 쌓고 지식의 탑을 만들어 가거라. 머지않아 네 앞에 환한 길이 분명히 열리게 될 것이다.

작은 일에 집착하여 좌절치 말고, 높고 넓은 이상의 눈으로 멀리 보며 굳세게 가는 거야.

시간이 허락하는 대로 많은 책을 읽어 풍부한 지식을 소유해야 남보다 먼저 지름길로 가게 될 테니까.

우리가 사는 이 세상은 악에 물들기 쉬운 유혹이 너무나 많이 있단다. 네 앞에 보이는 것, 들리는 것, 먹고 마시는 것 외에도 숱하게 일어나는 일들 속에는 함정도 있고 수렁도 있단다. 소희야! 어린 너에게 꼭 하고 싶은 말은 매사에 신중하고 절제할 줄 알며 네 주위를 정갈하게 정리정돈 잘하는 학생으로 자라 주었으면 하는 바램이다.

소희가 믿는 하나님은 오늘도 내일도 너의 가정과 너를 꼭 지켜주실 것이다. 하나님은 살아계시기 때문에 어려울 때 피할 길도 열어주시고, 힘겨울 때 이길 힘도 주신단다. 하나님이 소희를 사랑하기 때문에 기도하고 구하는 모든 것을 들어 주실 줄로 믿는다.

소희의 가족들에게도 건강축복, 물질축복, 화목축복 모두 받아 기쁘고 즐거운 일들만 많이 많이 있기를 기원하면서, 뒷날에 한울타리 아저씨들을 만날 때는 훌쩍 성숙한 모습으로 만나보자꾸나.

소희 가족과 소희 모두 파이팅!

2008년 6월 11일

한울타리 고문 이병구
경기 광주 경화여중 3학년 3반 김소희 학생에게 쓴 편지.

사랑의 마디

한울타리 형제

나도 세상에 나올 때는 큰 울음을 터뜨리고, 내 존재를 알렸으리라. 나에 대한 신상 명세서라 할까? 부끄럽게 살아온 흔적을 밝힘일까? 경상도 말에 어휘가 다른 이질적 언어를 써왔음을 설명하는 자리가 바로 은퇴하는 날이 되었습니다.

저는 수원시 고등동에서 태어나 경기 화성 산골 작은 마을로 강보에 싸여 갓난 고아의 신세가 되어 양할아버지 할머니를 부모로 알고 어린 시절을 보냈습니다.

언젠가 눈꼽이 떨어져 글씨를 알아볼 때 쯤, '엄마 찾아 삼만리' 라는 만화책을 보게 되었고 그 감동으로 감성의 첫걸음을 떼게 되었습니다.

나에게도 어머니라는 존재가 있지 않겠나 동경하게 되었으며, 조금 성장하여 어머니가 생존해 계심을 알게 되었고, 대구에 사신다는 것도 어른들이 이야기하시는 것을 엿들을 수 있었습니다.

그것이 어렴풋한 동경에서 벗어나는 계기가 되었고, 부모에 대한 그리움이 마음 속 깊은 곳에서 싹 틔우던 어느 날인가 이광수 님이 쓰신 글을 읽게 되었는데, 영어의 몸이 되어 감옥에서 어머님께 드리는 편지 내용을 읽게 되면서부터

132

하염없이 흐르는 눈물이 가슴을 적시며 내 인생에 첫 갈림길이 되었습니다. 밭고랑을 매던 시골 소년이 호미를 개골창으로 내던지고 홀홀단신 대구로 향한 것이 이때부터 대구가 고향이 되었습니다.

천신만고라는 표현이 맞을까요? 태산 준령을 넘었다는 말이 맞을까요? 대구 남산동에서부터 칠성동을 배회하는 불우소년 얼쩡이로 살아오다 장사꾼으로 변신하여 칠성시장에서 싸구려 보따리장사부터 시작하여, 대신동 큰시장 서문시장으로 진출하게 되었고, 경북대학교 뒤편 복현동에서 평안직물이라는 공장을 짓고 베틀 46대를 놓고 사업을 경영하던 때가 20대 초반이었습니다.

촌놈이 잠깐 꿈을 꾸던 시절이 어음 부도로 인하여 망가져 막을 내리고 풍비박산 시달림과 시련이 찾아들었으나 궁여지책이란 말이 용기를 가져다줘, 서울 동대문으로 입성하게 되었고, 대구에 기반을 둔 나는 다시 일어서 회복의 기미를 보였으며 그 즈음 저의 집사람도 만나게 되었습니다.

동대문에서 장사를 접고 강남에 와서 집장사를 시작하며, 땅장사, 건설회사를 꿈꾸다 쫄딱 망해 흙바닥을 기어야 하는 추락한 인생의 쓴맛을 다시 맛보게 되었습니다. 이때 우연히 장난치는 운명이란 놈을 물리칠 수 있는 기회가 찾아온 것입니다. 은혜롭게도 하나님을 만나게 되면서부터 형벌 같은 악몽에서

벗어나게 되었고 그분의 인도하심 따라 퇴촌땅을 밟는 계기가
되어 지금에 이르렀습니다.

　살아온 날보다 앞으로 살아갈 날이 턱없이 부족하다는
것을 해가 갈수록 느낍니다. 그러나 제 곁에 여러분들, 바로
아우들이 있기에 큰 위로를 받고 살아간다는 것을 이 시간을
통하여 고백드립니다.

　내 생애에 최고의 보람이자 자랑을 드려 볼까 합니다.
　조부모를 만나 어린시절을 보낸 것, 대구에 살면서 고향을
얻은 것, 사랑하는 아내 '지숙이'를 만나 외로운 몸을 기댈 수
있었던 것, 두 아들을 선물로 받은 것, 시신이나마 잃었던
어머니를 찾아 영택을 만들어 뫼신 것, 풍광 좋은 터를 허락받아
온갖 정성으로 꾸며가며 아름다운 집을 짓고 기거하면서,
강산과 더불어 잔솔과 함께 이야기하며 살아가는 것과, 더욱이
20명의 아우들이 나의 울타리가 되어, 짧게만 느껴지는 인생
길을 즐겁게 보내게 된 것이 삶의 기쁨이요 나만이 영유하며
누리는 보람이요 행복이 아닌가 싶습니다.

　사랑하는 아우들! 그리고 여기에 모인 제수씨들 참으로
고맙습니다.

　초라하고 보잘것 없는 저를 인정해 주고 대우해 주고 마음을
써주는 데 대하여 무한 감사를 드립니다. 우리들이 한울타리를
치고 살아온 세월이 10년에 접어듭니다. 인걸은 사라지고

세상은 변해가도 철옹성같이 견고한 우리 형제의 울타리는 영원히 이어 존재할 것이고 발전하여 세계로 향하는 사랑의 이정표가 될 것을 믿습니다.

우리 모두는 서로 돕는 선한 일을 하기 위해 만남을 가졌고, 의기투합하여 형제라는 질긴 인연의 띠와 끈으로 맺어 뭉쳐진 끈끈한 정이 흐르는 형제요, 때로는 동향의 벗이 되어 지역 사회에 봉사하고 도움의 손길을 펼쳐 나가는 자랑스런 20인의 한울타리 가족임을 자부합니다.

복숭아꽃 만발한 도원에서 세 사람이 만나 의형제를 맺어 중원 천지를 제패하고 천지개벽으로 세상을 호령하던 이야기 삼국지는 동양 최고의 베스트셀러의 대작을 탄생시켰지만 그들은 창과 칼을 앞세워 세상을 다스리려 했습니다.

그러나 우리의 한울타리 형제들은 세계를 향해 소리없이 물 스며들 듯 세계만국 만민을 돕는 손길이 되어 세상 끝까지 지경도 넓혀가며, 세계 최고의 베스트셀러가 되는 대작을 탄생시킬 것을 믿습니다.

꿈이 있는 곳에 이룸도 함께 동행할 것입니다. 지금은 미약하지만 앞날에는 창대한 꿈이 꼭 이루어질 것입니다. 우리 형제들이 모이기를 힘쓰고 즐겁게 기쁜 마음으로 행진하다 보면, 경상도 억센 손길이 부드러운 큰손이 되어 정이 흠뻑 담긴 사랑의 손길로 모든 것을 이루어낼 수 있음을 확신합니다.

사랑의 마디

나는 한울타리 형제들을 사모하다 못해 깊은 애정에 빠진 사람이라고 보시면 될 것 같습니다. 여기에 모인 형제들, 그리고 제수씨들, 모두 사랑합니다.

　고맙습니다.

2009년 12월 11일

한울타리 초대회장, 고문
원로회원으로 추대되어 답사로 지은 글.
인천광역시 옹진군 여흥도 섬에 가서 송년의 밤을 보내면서...

이병구 시집

〈기행문〉

"강원도 가진포구와 내린천을 다녀와서"

유월 초하루 한울타리 가족과 강원도를 향해 떠나는 날이다. 늘 그랬듯이, 만나면 반갑고 즐거운 가족들, 헤어져 있노라면 측은하고 서운하여 뒤돌아보는 형제들, 이들과의 만남이 설레인다. 우리 아들에게 늦었다고 시간을 재촉하며 갈비마을 마당에 세운 버스에 도착하니 '하균' 아우 제수씨가 혼자 와 있다. 허허 막힌 도로 질러 오면서까지 달려 왔는데, 느긋하게 하나둘 나타나기 시작한다. 그래, 서둘 일도 없고 바쁜 일도 아닌 여행 가는 일인데 하며, 얼굴 보니 반갑기만 하다.

자, 떠나자 27명의 가족들이 모여 열시에 출발, 낯익은 중부고속도로 상행 하남 강변으로 진입 경춘고속도로에 들어서니 낯설기만 하다. 두 번째 달려보는 길이어서 새롭기만 하고 더욱 아름답게 보인다. 얼마나 왔을까, 싱겁이 '덕현이' 가 마이크를 잡고 노래도 부르며 떠들어댄다. 이내 '빙구형' 하며 마이크를 건네준다. 주책맞게 요즈음 배워보는 "홍시"를 불러 보기로 했으나, 음정, 박자, 모두가 제멋대로 멋대가리 없이 소리만 질러댔다.

그러나 가사가 엄마를 생각하는 내용이라서 모두들 내 소리에 취하는 바람에 자못 목이 메이기도 하였다.

제 5 부 내 곁에 형제들

사랑의 마디

획획 달리는 차창 밖으로 어느새 경기도를 뒤로하고 강원도에 들어선다. 산과 계곡이 높고 깊게만 보이는데 신록이 우거져 산마다 초록 물결로 넘쳐난다.

이따금씩 얼굴을 드러내는 선바위는 수줍은 듯 얼굴을 가리고 우리 일행에게 손짓을 하는 것 같다. 잠깐 졸음 깨어 보니 건너편 울산바위가 우람하게 솟아 속초관문을 지키는 수문장같이 자리하고 서있고, 대명콘도가 도시를 방불케 하며 눈에 들어와 시골스럽지 못해 아쉽다. 길가에는 6월 장미가 한창피어 울타리에 올라 우리 일행이 속초에 온 것을 반긴다.

신호등 따라 속초외곽도로를 달린다. 저 멀리 동해바다가 스쳐 지나가며 눈앞으로 다가섰다 멀어지곤 한다. 길옆에 밥집, 콘도, 여관 등 즐비하게 늘어섰고 산도, 바다도 모두 가로막고 있는 길게 펼쳐진 조그마한 어촌, 가진항에 도착하니 동해를 터놓아 후련하다. 어시장은 파시罷市를 하여 너저분하게 빈 양푼만 덩그러니 놓여 있고 휑하니 텅 비었다.

저 멀리 방파제 끝으로 어설프게 자그마한 빨간 등대가 서 있는 그곳을 가고자 발을 옮기니 빈 배만 포구에 매어있고, 잔너울과 함께 출렁인다.

전혀 정감 없는 느낌이라 돌아서서 일행들이 자리잡은 횟집으로 갔다. 제수씨들이 모여 넓적 성게를 까주며 먹으라 한다.

갯물 비르지근한 노란 성게알을 먹어본다. 네맛도 내맛도 아닌 얕은 맛도 없는 동해바다 갯물맛만 보았다. 점심상이

차려진다. 씨알이 제법 큰 광어회를 뜬다고 밥집 할매 부산한데 늙어서 그런지 솜씨가 서툴러 보인다. 멍게, 해삼, 가재미, 새꼬시 접시에 가득 담겨진 광어회, 단참에 그릇 비우기를 시작한다. 건너편 제수씨들 상에서는 "위하여"도 외치며 요란하고 남자들은 나무젓가락이라 그런지 소리없이 상추쌈만 축내면서 조용하다. 집 떠나 동해바다 탁 트인 곳에 오니 왠지 떨쳐 버리고 싶은 게 많은가 보다. 그러시오 제수씨들, 풀어 놓고들 갑시다. 저기 쌓인 모래사장이 모두 다 한풀이 파편들이 쌓였다오. 벌그스름 한 잔 술에 풀리는 앙금을 쏟아내고 소리 질러 속풀이 하고 나면 미운 서방도 멋있어 보이고, 다 키운 자식도 늠름해 보이며, 예쁜 내 새끼가 최고이겠지요.

탁 총무에게 집적대는 '덕현' 이는 씨름 한판 해 보자고 보챈다. 지든 이기든 둘 중 하나는 꼬투리 잡혀 최소한 삼년을 울궈내 빈정거릴 것 같다. 탁 총무 슬쩍 피하며 일박 묵을 숙소로 떠나자고 한다. "가진포구"를 뒤로 하고 어데론가 떠난다. 행선지도 모르고 방향감각도 무뎌져 그냥 간다.
　어데쯤 왔을까. 느긋한 포만감으로 깜박 졸음을 졸다 깨어 보니 양양을 지나 한계령 입구에 온 느낌, 멀거니 앉아 있다.
　꼬불길 오름에 안전띠 채우고 좌석옆 손잡이 꼭 잡고 힘을 써본다. 차창 너머 이따금씩 서울 양양간 고속도로 신설현장이 보인다. 산을 뚫고, 파내고, 교각을 세우고, 엄청난 공사가 진행되고 있다.

내림길 오름길 내달린다. 곰배령을 넘어 내린천을 끼고 돌아가는 길가, 작은 마을도 외딴집도 정겹게 자리히고 있다. 골짜기마다 들어선 집들과 일궈놓은 다랑치논과 밭, 예전에 먼저 가신 이들의 애환이 서려 있는 곳. 지금도 비탈밭에는 잔돌에 흙이 채워진 이랑을 만들어 옥수수가 제법 크게 자랐다. 척박하고 좁은 땅을 일구며 허기진 배를 움켜쥐고 자식들을 생각하며, 땀으로 소진된 기진한 세월을 보내면서 늙었으리라. 처음에는 어느 누가 찾아들어 살았을까. 첩첩산 기둥삼고 잠깐 지나가는 햇볕과 이내 사라지는 달그림자 내려지고, 옹기종기 모여 사는 사람들 별만 보며 깊은 골짜기에서 흐르는 냇물소리 벗삼아 맑은 물에 발 담그며 정 붙이고 살았으리라. 세월이 좋아져 풍광이 좋다고 먼 곳에서 찾아오는 길손들이 골을 메워가며 산길 등산을 한단다.

내린천 중간쯤이나 될까, 몇 채 안 되는 작은 마을다리 건너 찾아든 곳. 시골스런 집으로 들어서니 우람한 노송 두 그루가 위풍당당하게 자리하고 있다. 두 아름은 넘을 듯한 노송이 인제군의 보호수란다. 여장을 풀고 집주위를 둘러보니 집주인이 좀 지저분한 것 같다. 모든 게 산만하다. 정돈된 것도 없이 그냥 다 널브러져 있고 대충 사는 집 같았다. 시골사람은 아닌 듯싶어, 어데서 살다 왔느냐 물어 보니 부천에서 살다 딸이 아토피가 너무 심하여 이곳에 찾아들어 살게 되었고 삼개월만에 피부병이 싹 없어졌단다. 과연 강원도의 물과 음식과 공기가 매우 좋은 모양이다.

이병구 시집

저녁이 되어 숯불 피우고 꺼먹 돼지고기를 구워 먹기 시작했다. 숯조각 몇 덩어리 넣고 마른 장작에 불을 지피니 연기가 눈으로 코로 쉴 사이 없이 닥쳐 들어오고 석쇠에 얹힌 고기 기름이 불을 뿜고 연기를 내며 타오른다. 고기가 겉은 타고 속은 익지 않아 고기 굽는 냄새만 시골마을 골짜기를 진동한다. 그래도 아우들 가족과 함께 있으니 기분 좋은 웃음이 터져 나온다.

'상두' 내외가 '종길이'와 함께 도착했다. 거나하게 곁들인 만찬이다. 이내 찾아든 밤은 골짜기를 서서히 어둠이 메워 가고, 모심은 다랑치 논에서는 개구리소리 요란하게 합창을 하며, 시골밤을 보내는 우리들에게 함께 노래를 부르자고 한다. 나무 쭉대기 몇 개 불살라 모닥불을 피워놓고 통나무 자른 둥근 방석에 앉아 시부, 하균, 대영, 탁총무, 유회장 등이 모여 폰에서 나오는 노래를 따라 부르며 가사가 틀려도 대충 흥얼곡으로, 얼버무린 가사로, 소리 높여 부르고 밤이 맞도록 노래꽃, 이야기꽃, 피우다 보니 모닥불도 잠이 오는지 졸고 있고, 이야기 보따리 터져 새어나가, 코바람 풍겨대는 잠자리에 든 시간은 자정을 넘긴다.

옆방에는 21세기를 보내느라 밤을 낮삼아 열심히 무섭게들 달린다. 어느새 동해바다를 건너온 새벽 먼동이 찾아들어 일박의 아침을 일으켜 깨운다. 쌍둥아범 내 코고는 소리에 다른 데로 피신하고 왔단다. '종길이' 21세기 달리기에서 우승을 했는지 왔다갔다 소리지르며 설쳐댄다. 부스스 설잠

깬 겡검스런 눈꺼풀이 눈을 덮는지 비틀거리기도 하고 기우뚱 쓰러질 듯 일어나 아침을 맞는다.

　조반상은 콩나물 북어국으로 대충 때우고 서둘러 등산을 가잔다. 모두들 폼만 잔뜩 재는 것 같다. 배낭 메고, 지팡이 가지고 떠났다. 제일 폼을 잰 사람은 '시부' 와 '종길' 이다. 방동1리 앞에서 내려 계곡으로 내려섰다. 완전히 돌서덜이 깔려 있으니 조심스럽다. 늙은이가 젊은이 따라다니다 발목이나 삐끗하면 덩치 큰 나를 누가 업고 가야 하나부터가 걱정이다.

　조심조심 솜다리 건너가듯 계곡을 걸어 올라간다. 풍광 볼 여유도 없이 돌바닥만 보고 걸어간다. 아무리 생각해도 더 올라가면 무리가 되겠기에 '유회장' 제수씨와 집사람과 떨어져 개울가에서 쉼을 청하기로 하고 계곡으로 내려섰다. 건너다보니 위쪽이 더 멋있는 곳이 있기에 나는 그곳으로 가다가 물이끼 낀 돌에 미끄러져 두 발 모두 풍덩 빠지는 멍청한 늙은이 신세가 되고 말았다. 신발을 벗고 양말을 짜고 말리고, 바지가랭이를 털어내고 혼자 요란을 떨다 보니, 모두들 하산을 한다고 내려온다. 허허 그야말로 폼만 재러 강원도로 등산 온 꼴이 되었다. 주섬주섬 젖은 신에 양말 신고 한참 올라온 계곡을 다시 내려간다.

　'창길이' 어느새 숲속을 헤집고 들어가 산나물을 하고 있다. '창길이' 는 못하는 것 빼고는 모두 다 잘 하나 보다. 어느새 산나물을 많이도 뜯었다. 돌징검다리를 건너 마누라와 조심스럽게 미리 내려와 마을앞 팔각정에서 일행을 기다린다. 그런데 저기 노깡 연결다리에서 누가 떨어졌다고 야단들이다.

어머 춥겠다, 아니다, 시원할 것이다. 하는데 장난끼 심한 '덕현이' 가 '탁총무' 와 다리 위에서 장난을 치는데 '종길이' 가 둘 다 밀어서 다리밑 개울로 떨어뜨렸단다. 핸드폰 지갑 몽땅 물에 젖어서 '탁총무' 씁쓸한 입술을 하고 말이 없다.

'덕현' 이 잠깐이나마 옷을 털어 말리고 시시덕거리며 웃긴다. '종길' 태연하게 누가 그랬냐고 시치미 떼는 것 같고 그렇게 멋진 등산을 마무리 짓고 방동산장으로 돌아와 점심식사를 한다.

산채비빔밥이 점심메뉴란다. 자리에 앉아 갈증이 나 맥주 한 캔을 마시니 '탁총무' 가 앞에서 물끄러미 쳐다보며 고문님 술을 잘 드시네요 한다. 응 타락해 가나 봐 하며 맥주를 권했다. 물에 빠진 속상한 몸살기가 좀 풀리는지 빙그레 웃는다. 천진스런 '탁총무' 착하고 고진이다. 큰 그릇에 담긴 묵나물 비빔밥을 비벼댄다. 그런대로 맛은 있었다. 그러나 '상두' 가 구워주는 돼지고기 맛이 일품이다. 언제 집으로 초대하여 고기를 구워먹자고 해야겠다. 점심식사가 끝나자 방에 들어와 보니 '대영' 이 넙죽 드러누워 있었다. 나도 그냥 널브러져 세 시간은 족히 잤나 보다. 실컷 잠을 자고 나니 집으로 가잔다.

모두 짐을 챙기고 '일환' 재무가 숙박비와 제반 비용을

산장주인과 계산하는데 언짢은 일이 있었나 보다. 바가지를 썼단다. 처음부터 보자 하니 숙소 남자도 별로 탐탁치 않은 인상이어서 좋아 보이지는 않았고, 부인도 그러했다. 왜 그리 넙적다리는 앞마당 노송을 닮았나 우람하고, 그 집 어린 딸만 측은하게 보였다. 일행 모두가 차에 올라 떠나는데도 인사도 없다. 너무 실망했다. 그래도 1박2일 동안 먹을거리 마실거리 모두 가져가고 큰돈을 주었는데도 고맙단 말 한 마디 없이 불친절한 것은 상식에 벗어난 몰염치한 사람들인 것 같다.

떠나는 사람들 정 주고 추억거리 만들어 주면 또 찾을지 모를 텐데. 세상을 메마르게 사는 사람들인 것 같다.

자, 이제 집으로 떠나자 휑하니 내달리자. 돌고 넘고 오다 보니 가평휴게소에 당도했다. 볼 일을 보려고 내리니 전쟁터에서 밀려 내려온 피난민 같고, 난전 장터에서 싸움구경하듯 버글거리는 인파가 엄청나다. 무엇을 사는지 줄을 서고 정신 못 차리게 우왕좌왕 야단들이다.

빈틈없이 꽉 들어찬 자동차 사이를 걸어 두리번거리고 타고 온 차를 찾는다. 늙은이 젊은이 할 것 없이 모두 빙글빙글 도나 보다. 가평휴게소에서 도망나오듯 빠져 나와 어제 떠난 제자리로 향한다. 갈비마을 앞마당에 도착하여 각자의 짐을 내리고, 남은 물건을 나누어 주느라 총무팀들이 바쁘다. 남은 고기는 며칠 있다 귀여리에서 뒤풀이한다고 우리 보고 냉장 보관하라고 챙겨준다. 모두들 저녁을 먹고 각자 헤어지기로 했다.

144

냉면, 갈비탕 입맛대로 한 그릇씩 하고 밖으로 나선다. 어느 제수씨가 말했다. 집에 가면 어젯밤에 못했던 숙제를 꼭 하고 잠자리에 들라고 한다. 아주 자상하고 애정이 넘치는 말을 들으며, 하나둘씩 짝지어 떠난다. 우리 아들이 늦게 와서 한참을 기다렸는데도 회장과 총무는 안 가고 우리가 떠나는 것을 보고 간단다. 누구나 다 대우해 주면 흐뭇하다. 내가 그렇다.

아들 차를 타고 오며 생각한다. 가까운 혈육 친척보다 자주 만나는 한울타리 형제들에게 더 정을 느낀다. 변화하는 세월 탓일까. 시대의 흐름일까. 서로 간섭 받지 않고 서열, 격식, 갈등 없고 마음에 부담없이 만나는 것이 개운하고 가벼워서 일까. 아무튼 만나면 재미 있고 즐거운 시간을 만들어가며 즐기기 때문일 것이다. 나는 가끔 입버릇처럼 중얼거린다. '일환이' 딸 '소현이' 가 시집가는 때에는 꼭 참석해야 된다는 것을 상상해 본다. 세월이 얼마나 흘러야 그 날이 올 것인가. 쌍둥이 녀석들 강보에 싸였을 때 만나 커가는 모습을 보며 한 해 두 해 넘기며 이제는 건장한 중년의 모습이다. 모쪼록 우리 한울타리 가족들 모두가 급한 소식 없이 안녕하게, 건강하게, 화목하게 물질축복 듬뿍 받아 잘 살아 가기를 기원해 마지 않는다.

2012년 6월 3일

한울타리 고문 이 병 구

〈축시〉

아름다운 전원교회

이 땅에 펼쳐 놓으신
님의 세계가 너무 아름답습니다
금봉산자락 작은 공간 믿음의 터

님의 거룩하신 집을 세우시고
후원 앞뜰
푸르른 청록의 아름다움

저 팔당 호반 물결에 이르기까지
은총을 입히신
님을 향한 찬양이 감동으로 다가와

메마른 우리들의 마음 문 열어
이 작은 가슴을 메워가는 은혜
잔잔한 파도처럼 밀려옵니다

146

낮은 언덕에 자리하신 님의 집
남종전원성결교회
너무도 자랑스럽습니다

수많은 종들이 들며 나는 동안
자취를 살펴주신 님의 역사
어찌 그리 아름다운지요

인걸은 다른 곳으로 떠나도 가지만
님이 계신 이 자리는
영원히 존재할 것입니다

오십 년 반세기 동안의 흔적
이 만큼 이룸이오니
수수만년 장구한 세월 이어가시어
이 터에 축복을 채워 주소서.

*님 : 하나님을 지칭함.

2011년 5월 29일

남종전원교회 창립 50주년 맞이하며 드린 송시

남종전원교회 50주년 대표 기도

할렐루야!

말씀으로 이 세상을 지으시고 섭리하시며, 순응의 질서로 존귀하신 역사를 영원토록 이루어 나가시는 거룩하신 하나님 아버지!

보내심의 사명을 받은 이들이 믿음과 정성의 삽을 들어 당신의 거룩하신 집을 창건케 하시고, 아름답게 꾸미고 다듬어 중건에 이르기까지, 믿음의 띠로, 세 겹의 끈으로 면면히 이어져 50주년 반세기를 맞는 오늘에 이르렀나이다

하나님의 집을 유산으로 상속받을 거룩한 백성들이 여기에 모두 모여 머리 숙여 경건한 예배를 드리오니, 그 중심을 받으시고, 충정의 믿음이 열납되기를 원합니다. 하나님을 경외하며, 교회를 사랑하고, 섬김에 있어, 마음에 저울로 계측함이 없이, 늘 사모하는 마음 가지고, 이 생명 다하도록 주님과 함께 동행할 부름받아 나선 몸들이 여기에 모였음을 믿습니다.

그 동안 받은 은혜, 주신 사랑 무량대수로 받기만 했던 저희들입니다.

하나님 아버지! 그 크신 사랑 앞에 미력한 몸이나마, 쓰시고자 하실 때 쓰시옵시기를 원하나이다.

유구한 세월 50년의 교회사가 쓰여 내려오면서, 기초를

148

다지고 초석을 놓았던 귀한 종들이 간구한 기도의 응답으로 세워진 전원교회! 아주 작은 시골 마을 외진 곳에 자리하고 있지만 산자수려한 풍광과 더불어, 앞날에는 창대한 축복으로 놀라운 변화와 기적과 표적이 나타날 줄로 믿습니다.

전원교회 성도들이여! 지금도 하나님이 이루시는 기적의 역사는 진행되고 이루어져 가고 있음을 믿고 확신합니다.

꿈과 환상이 있는 곳, 그림으로 계획하고 기도하는 곳에 예수님께서 살아서 역사하심을 믿습니다. 50주년을 기념하고 하나님께 영광 드리는 축제의 자리가 하나님께서 귀히 여기시고 귀히 쓰시던 귀하신 종, 김성완 장로님이 명예장로로 추대되는 자리가 되었습니다. 장로님의 기도와 교회를 사랑하는 마음이 주추되어 오셨기에 연륜으로 쌓아 오신 보람이 우리 성도들 가슴 속에 오래도록 길이길이 기억될 것입니다. 후원하시는 기도의 용장으로, 원로의 덕륜으로 후배들의 지도자가 되어 주고 노년에 이르신 몸 강건하시어 주님을 영화롭게 하시는 자리에 늘 함께 동행하실 줄 믿사오며 전원교회 가족 모두와 함께 예수님의 거룩하신 이름으로 기도드리옵나이다. —아멘—

149

2011년 5월 29일

남종전원교회 창립 50주년을 맞이하여 드린 기도

사랑의 마디

시밭 일구어 땀으로 쓰는 시

— 이병구 시인의 시 세계

김 태 호

(시인)

1.

중국 당나라 때의 저명한 시인 백거이(白居易, 子 樂天)는 시에는 정情과 말과 소리와 의미가 담겨 있어야 한다고 하였다. 이는 오래 전 한 시인의 시론詩論이지만 시가 갖는 소리와 율律을 중시하며 시인 내면의 심정 토로가 먼저라는 점을 강조한 것으로, 오늘 첫시집을 선보이는 이병구 시인의 시를 대할 때 떠오르는 느낌의 정서이기도 하다.

이병구 시인은 비록 늦은 나이에 문단에 얼굴을 민 늦깎이 시인이지만 그의 작품에 나타난 시 정신(에스프리)과 호흡은 매우 안정되고 조화롭게 구축되어 있다. 신인이라기보다 오랫동안 시를 써온 느낌이다. 현재 그가 살고 있는 집은 서울의 공기를 벗어난 전원주택으로 경치가 수려한 남한강 기슭의 아름다운 자연 동산이다. 맑은 날에는 멀리 북한강과 남한

150

강이 만나는 두물머리가 보이고 철따라 흐르는 강물 소리도
귀담아 들을 수 있는 한적한 공간이다. 일상의 바쁜 일과를
벗어나 휴식을 취할 깊은 밤중에도 자다가 일어나 시를 쓰고
다듬는 일에 매달릴 때가 많다고 한다. 말하자면 혼자서 시를
붙들고 씨름하기 20여 년, 그동안 기울인 공력의 결과인 듯
여러 시우들과 공개적인 시작 활동을 하면서 그의 시는 부쩍
큰 보폭으로 정진의 열도를 더하고 있다. 이 시집에 실린 몇
편의 시를 중심으로 그의 작품을 감상해 보기로 한다.

2.
　시는 화가가 그림을 그릴 때 데생으로 구도를 잡고 물감을
칠하는 것처럼 치밀한 계산이 있어야 한다. 짧은 글 속에서도
시인의 보이지 않는 손길과 입김이 작용하게 마련이며 그 결
과는 오로지 작품으로 평가되는 것이라 하겠다.

아가야
봄이 왔단다
재너머 홍박골에
보리밭 밟으러 가지 않으련

할머니는 겨울 먼지 털어낸 바구니 들고
손자 손에 몽당호미 들려 집을 나선다
쫄랑쫄랑 까막고무신 신고 따르는 손자
갓 녹은 질척한 길 신발이 벗겨진다

할머니
발시려워 업어줘
등에 업힌 손자 쪽진 비녀 만지며
웅얼거린다

아가야 내리자 봄나물을 보아라
이것은 냉이고 저것은 꽃다지란다
꽃다지 노랑꽃 피었으니
달래도 나왔겠네

봄볕 내리는 양지쪽에 마주 앉아
나물을 다듬어 바구니에 담는다
얼른 집에 가서 냉이찌개 달래장 만들어
꼬꼬알에 참기름 넣고 밥비벼 주마

어리광부리는 손자 다시 업고
봄동산을 돌아오는 할머니 모습

― 〈할머니의 봄〉 전문

　이 시집의 제1부에 놓인 시다. 추운 겨울을 보내고 따스한
봄날을 맞이한 어느 날이다. 할머니와 손자가 집을 나서서 봄
볕 속을 거니는 장면이 그려져 있다. 재 너머 홍박골에 보리
밭을 밟으러 간다고 했지만 기실 할머니의 마음은 어린 손자
와 데이트하는 봄나들이에 사로잡혀 있다.

파릇파릇 돋아난 봄나물―냉이 달래 꽃다지 캐며 손자와 함께하는 재미이다. 봄햇살을 받으며 종종걸음으로 따라 나선 손자의 얼굴을 바라보는 할머니의 기쁨은 이루 말할 수 없다. 집에 돌아가 나물을 다듬고 냉이찌개에 밥 비벼 손자에게 먹여줄 일을 생각하면 그저 감사할 따름이다. 손자를 등에 업고 봄 동산을 돌아치는 할머니에겐 살아있는 축복에 다름없다.

그러나 이 시는 정작 할머니의 목소리가 아니라 장성한 손자가 어릴적 할머니와 함께 했던 잊을 수 없는 기억을 그려낸 것이다. 아마도 손자의 눈에 비친 할머니는 세상을 다 얻은 듯한 기쁨에 넘치는 모습이었으리라. 마치 눈앞에 보이는 듯 사실적으로 그려낸 이 시는 '할머니의 봄' 이란 시 제목과 더불어 몽환적夢幻的인 느낌마저 갖게 하는 수작秀作이라 하겠다. 다음 또 한 편의 시를 보자.

153

팔당호 물위에 듬성듬성 솟아난 초록 덤불
부들, 갈대 부둥켜안고 수초마을 넓혀가며
오월 햇살에 푸른 물결 일렁이며 춤춘다

미끄러지듯 나래 펴 내려앉는 백로무리
꺽다리로 강물 밟고 휘청이며 서 있는데
앞질러 논병아리 알짱대며 탐방구질한다

물억새 포기 사이, 왕골 틈새마다

비집고 자란 초록 숲속에는
짝 찾아 둥지 짓는 개개비 노래

길가 파란 잎새 위 흰눈 소복히 내린 듯
토끼풀 하얀 꽃 피어 가득 메우고
메싹꽃 연분홍 나팔 들고 오르는 가파른 언덕

붕어 잉어, 창포 부들 헤집고 흔들며
첨벙대며 마름수초 위에 산란을 하고
꽃창포 노랗게 피어 있는 오월 강변.

– 〈오월 강변〉 전문

　오월은 한창 무르익는 봄의 계절이다. 춥지도 덥지도 않은
화창한 날씨에 이곳 저곳에서 만개한 꽃들이 절정을 이루고
산과 들에는 다투어 돋아난 초록 잎새가 훈풍에 물결치고 있
다. 하물며 넘실, 맑은 물이 흐르는 강변의 정경이야 말할 나
위도 없으리라. 시인이 조석으로 만나는 팔당호 부근의 한강
변에도 푸른 햇살을 받는 부들잎과 갈대의 반짝임, 강물을 찾
는 백로의 무리, 작은 개개비와 논병아리들, 이름모를 풀꽃과
창포 우거진 수초 사이 오가는 붕어떼까지 하나같이 살아 있
음을 노래하고 있다.
　절로 시상이 떠오르지 않을 수 없다. 시인은 이러한 눈앞의
정경을 놓치지 않고 시로 형상화 하였다. 형상화하였을 뿐 아
니라 강변에 흐르는 아름다운 경치를 유려한 필치로 집어내

154

어 읽는 이로 하여금 충만한 기쁨을 느끼게 하는데 성공한 작품이라 할 것이다. 다음으로 이병구 시인의 등단 작품이기도 한 〈마디〉를 살펴보자.

씨앗 깨고 솟아나는 탄생의 비밀
여린 싹 움터
힘겹게 한 마디가 솟는다
떡잎 의지하며 일어서는 이음의 세계

누군가 쪼개놓은 년월일시 분분초초
그 안에 계절도 있고 세월도 있단다
삶이란 무엇인가
끝없이 펼쳐진 빈 공간을 채워가는 것

가다가 가다가 기진하고 지친 날에
고귀한 삶의 보람, 거기에 있음이니
서로 어긋나면서도 공존하는 밤과 낮
그곳에 의연한 네 몫이 있음이라

네가 하찮게 여기는 초목들이 지닌 마디
너 살아온 여정에도
고통에 응어리진 마디
호사스럽게 웃자란 마디

희로애락 담겨진 마디 속 깊은 곳에
옹골차게 채워넣고 뻗어나가라
끊임없이 줄기차게 이어가는 것이
우리 인생의 마디란다

- 〈마디〉 전문

마디란 식물의 줄기나 동물의 뼈를 잇는 어름에 생겨난 관절關節을 말한다. 마디가 없이 자라는 생명체란 거의 상상할 수 없다. 시간의 흐름도 마찬가지, 분분초초의 작은 시간 단위가 모여 하루가 되고 한 달이 되는 것이다.

그러므로 사람들은 알차고 보람된 삶을 누리기 위해서는 인생의 고비 고비를 알뜰히 채워 나가야 할 필요가 있는 것이다. 살다 보면 고통에 응어리진 마디, 호사스럽게 웃자란 마디도 있겠지만 이를 극복하고 받아들이는 지혜를 발휘함으로써 보다 가치 있는 삶을 이어가게 된다는 진한 메타포를 담고 있다. 시인의 간곡하고도 유니크한(독특한) 설득법은 매우 세련되어 있어 상찬賞讚할 만한 작품이라 하겠다.

3.

이병구 시인의 시를 읽다 보면 '첫사랑 이야기'를 비롯한 가족사가 유독 눈에 띈다. 어린 시절 부모를 잃고 할머니 손에 자라며 친아버지처럼 의지하던 아버지 친구분과의 관계를 묘사한 '두 아버지의 끈'이나 외롭고 힘든 처지에서 떨어져 살면서도 남다른 형제애를 보여주는 '봉화로 떠난 형' 등

긴 이야기 시가 많은 가운데 비교적 짧은 시를 감상해 보기로
한다.

맨땅 딛고 꼭 잡은 손
사랑하는 아내 엄마 이름 얻어
따뜻한 손길로 감싸 왔는데

덜렁대며 게으름 피던 나
뉘우침 길게 늘어놓고
고갯길 넘느라 코에 단내가 났다

어리석은 나를 따라오며
힘겨워 했던 여린 당신
눈물로 많은 날 보내었지

잘못도 한 짐, 모자람도 한 섬인데
눈빛 이야기 주고 받으며 살아온 40년
타래실 감아 사리사리 이어온 정

이제야 철들어, 지난날 맴돌던 꿈
저 강 언덕 노을빛에 걸어두고
석양 비낀 하늘 아름답게 바라보네.

– 〈아내와 동행한 세월〉 전문

40년이란 긴 세월, 서로 눈빛을 교환하며 어려움을 헤치고 살아온 아내와의 깊은 사랑과 믿음이 함축되어 있다. 경제적으로 어려울 때에도 불평 없이 아이들을 키우며 남편을 내조한 공을 모두 아내에게 돌리는 헌시獻詩로서 매우 담담하게 그려져 있다. 또한 석양에 비낀 노을빛을 보며 지나간 날들을 아름답게 회상하는 모습에서 이들 부부의 삶이 결코 빛바래지 않았음을 말해 주며 앞으로의 행복을 예감하는 자신감도 내비침으로써 짧지만 긴 여운을 남기는 시라 하겠다.

이번에는 할머니에 관한 시도 한 편 만나보자.

손 닿는 작은 다락에 꿀항아리
새끼손가락으로 맛보고
검지손가락으로 찍어 먹는다

들킬세라 흔들어 놓고
꿀 먹은 벙어리 되어 뒹굴다
들에서 돌아오신 할머니께
배 아프다고 거짓 배앓이하며

할머니 무릎베개 베고 눕는다
굳은 살 거친 손으로
내 배를 쓰다듬어 주시며

내 손이 약손이다

158

할미손이 약손이다
돌도 삭고 뉘도 삭아라
돌도 삭고 뉘도 삭아라

우리 애기 착한 애기
응석잠 재워주시던 할머니
그 할머니 품이 그립다.

– 〈할머니 꿀자장가〉 전문

　눈에 넣어도 아프지 않을 손주에 대한 할머니의 사랑은 모든 것을 초월한다. 할머니는 다락에 감추어 둔 귀한 꿀항아리를 열어 몰래 꿀을 꺼내 먹는 손자의 잘못을 알고도 짐짓 모른 체하였으리라. 뿐만 아니라 배가 아프다고 거짓 배앓이를 하는 손자를 무릎 위에 뉘이고 배를 쓰다듬으며
　"우리 애기 착한 애기, 돌도 삭고 뉘도 삭아라…" 노래처럼 주문하시던 할머니—, 할머니 무릎에서 저도 모르게 잠들곤 하던 기억을 덩치 큰 어른이 되어서도 영영 잊지 못하는 나이든 손자…. 그 할머니의 자장가는 마치 항아리 속 담긴 꿀맛 같은 달디 단 자장가가 아니었을까. 생각의 나래는 끝없이 날아 드디어 시공을 초월한 '꿀자장가'로 탄생한 것이려니.

　남한강 북한강 서로 만나 얼싸안고
　검단산 예봉산 두팔 뻗어 마주잡은 손
　팔당호 품에 안고 아름다운 풍경 펼쳐놓았네

산자락 잠긴 호수, 굽은 길 따라
여우고개 넘어가는 정겨운 동네
나와 아내 마음 심어 일궈낸 동산

솔내음 가득 잔솔함께 터잡은 우리집
한 삽 정성 모두어 손길 닿은 곳에
움틔운 새싹 사랑먹고 쑥쑥 자란 녀석들
깊게 뿌리내려 꽃동산 이루었다네.

– 〈우리집〉 전문

우리네 집이란 추위와 더위, 비바람을 막고 살아가는 울타
리일 테지만 그보다도 가족이 함께 모여 사랑을 나누며 서로
의지하는 따뜻한 보금자리라는 데 더 큰 의의가 있을 것이다.
현재 이병구 시인이 살고 있는 집은 그야말로 은혜로운 자
연의 풍광 속에 세워진 그림 같은 집으로 사랑을 먹고 자라난
자식들과 함께 웃음꽃을 피우는 단란한 가정이다. 그러나 오
늘의 축복받은 터전을 이룩하기까지는 지난 날 아내와 맞잡
은 지성至誠의 손길이 크게 작용하였음은 두 말할 나위도 없
으리라. 빈터에 첫삽 뜨던 아득한 날을 되돌아보며 뒷산에서
불어오는 솔내음에 깊은 숨을 들이쉬는 시인의 자랑이 풋풋
하게 느껴지는 아름다운 시이다.

4.
이병구 시인의 시에는 철 따라 변화하는 자연과 식물에 관

160

한 시가 많다는 것을 알 수 있다. '백일홍 꽃밭', '송화', '밤나무와 아람'을 비롯하여 농촌 지역에서나 볼 수 있는 울타리콩, 땡감 같은 것을 시의 제재로 삼고 있다.

아마도 생활 주변에서 자주 접하게 되는 자연과 식물에 관한 관심과 사랑이 남달리 크기 때문이라고 생각된다. 그 가운데 봄에 볼 수 있는 송화松花, 여름날의 야외 놀이, 가을철 감을 주제로 한 시 한 편씩 만나보기로 한다.

뒷산 앞뜰 둘린 곳에
큰솔 잔솔 어우러져
오월 송화가 한창 피었네
아름답지도 화려하지도 않은 꽃

향기마저 없기에
벌 나비 그냥 지나치고
피고 지는 모습 나타냄도 없이
솔잎이 감싸쥔
새순 촉에 매달려 피었구나

시샘바람에 꽃송이 터뜨려
노오란 송홧가루 물씬 쏟아내고
어데론가 사라지는 분신
진토에 보탬이련가.

　　　　　　　　　　　　　　　　－ 〈송화〉 전문

송화松花는 소나무에 핀 꽃을 말한다. 꽃이라고 하지만 향기도 없고 모양도 화려하지 않다. 바람이 불면 꽃가루를 쏟아내고 흔적 없이 사라진다. 향기가 없기에 벌도 나비도 지나쳐버린다. 사철 푸른 소나무에 매달려 오월 한철 머물다 잊힌 듯이 떠나가는 송화의 역할은 과연 무엇일까. 특히 소나무에 관심을 보이는 시인의 안타까움은 쉬이 끝나지 않는다.

한 편의 시로도 우주의 비밀을 탐색하는 모습을 엿볼 수 있다. 시는 과학의 영역에 도전할 수 없지만 세상 만물의 이치를 미화하고 상상하는 자유는 누려도 좋으리라.

압곡천 취석마루 결산에 노래하던 소쩍새
인걸이 떠난 뒤 세월 속에 숨었나
깊은 잠에 빠졌나 부름이 없네

초저녁 잠든 청산
깊은 계곡 시냇물 소리 빈 산 울리고
곤한 세월 쉼 없이 냇길 따라 떠났으리라

어스름 산기슭에 물안개 피어나고
밝은 달빛 구름 사이로 쏟아져 내리는
신비로운 야경에 사로잡힌다

한울타리 형제 이십 명,
달빛 조명 비춰, 맞이하는 밤

162

둘러보아도 장엄하게 겹쳐진 산 속

놈세나 즐거이 흥겹게 흔들림에 취해
소리 높여 노래 부르고 춤추며
그 잘난 자존심 모두 버리고 가세

압곡천 물살에 깎여 나간 동그란 몽돌
옛적에는 모가 난 큰바위였다네
세파에 찢긴 마음 쏟아 붓고들 가세나.

- 〈압곡천 여름휴가〉 전문

압곡천은 강원도 횡성군 청태산 계곡 아래 흐르는 시냇물
로 짐작되며 모처럼 여름 더위를 피해 깊은 산속으로 단체 휴
가를 갔을 때의 즐거웠던 상황을 읊은 시이다.

"어스름 산기슭에 물안개 피어나고/ 밝은 달빛 구름 사이
로 쏟아져 내리는/ 신비로운 야경에 사로잡힌다"는 독백은
한울타리 형제들과 모처럼 만나는 기쁨과 일상의 체면을 팽
개치는 자유로움까지 더하여 오묘한 자연에 대한 찬탄讚嘆이
절로 입 밖으로 새어나는 심경을 그대로 노래한 것이라 할 것
이다. 세월의 물살에 깎여난 동그란 몽돌조차 예전에는 삐죽
한 바위가 아니었을까. 인간사 다를 바 없으니 세파에 시달린
넋, 깊고 고요한 물빛에 씻어내고 가자는 끝연의 목소리는 건
강한 나들이 문화를 피력한 것으로 읽는 이의 마음을 한층 흐
뭇하게 하는 작품이다.

감나무 잎사귀 그늘 속
긴 여름 비바람에 얼굴 내민 땡감
귀뚜라미 소리 귀 거슬려
무더위 역정내고 돌아선 자리
성큼 다가와 빙그레 웃음짓는 가을인가

설익은 연노란 땡감
벌써 침시 담글 만큼 맛들었나
어느날 까치 찾아와 놀이터 되더니
후줄근히 잎새 떨어진 늦가을

가지 휘도록 주렁주렁 황금송이
발그스름 연홍시 수줍은 얼굴
내뱉어야 할 떫은 맛 삭히느라
속을 태워 불덩이 되었구나.

- 〈땡감이 익어간다〉 전문

땡감이란 덜 익어서 떫은 감을 말한다. 여름내 잎사귀에 가려 숨어 있던 푸른 열매가 가을이 되어서야 붉으스런 단맛을 익히며 제 모습을 드러낸다. 귀뚜라미 소리에 달아나는 무더위, 빙그레 웃음짓는 연노랑 땡감, 나무 위에 까치를 부르고 힘없이 늘어진 잎새 사이에서 주렁주렁 황금송이로 바뀌는 놀라운 자연의 숨결, 드디어 땡감이 단감으로 변한다.

비록 말 못하는 과일이지만 긴 여름 비바람에 시달리고 외면 받던 처지에서 인내하며 기다려 온 가을, 그동안 떫은맛을 삭히느라 얼마나 힘들었을까. 불덩이 모습을 바라보는 시인의 시선이 감나무 가지에 꽂혀 떠날 줄을 모른다. 아름다운 시가 탄생하는 이유이다. 독자는 땀 흘리며 시를 빚는 시인의 솜씨를 즐기면 되는 것이다.

5.
   이병구 시인에게서 줄기차게 솟아나는 시의 샘은 무엇일까. 주저없이 지난 날 철모르고 순박하게 바라보던 고향 마을이라 할 것이다. 바람에 갈색 수염이 흔들리는 옥수수 밭이며 우렁 잡던 오솔길, 배고픔도 잊고 마음껏 뛰어 놀던 농촌생활이다. 심지어 호기심에 할아버지가 즐겨 마시던 독한 소주를 몰래 따뤄 마시고 얼굴이 화끈거려 놀라던 추억까지 아련함이 묻어나는 고향, 그 고향은 뒤늦게 마련한 어머니의 유택幽宅과 한 분 혈육인 형님이 사는 산골짜기 동네와 오버랩(겹쳐서 보임) 되어 더욱 친근하게 다가오는 시의 소재이다.
   그 가운데 세 편의 시를 만나보기로 한다.

   대물림한 조상의 터
   끼니 거르며 넘는 보릿고개
   누릇누릇 보리 이삭 익어갈 때면
   허기진 배고픔, 새우잠으로 버텨내고

   덜 여문 겉보리 베어

질시루에 쪄 멍석 깔고 말려
덜커덩 덜커덩 디딜방아 찧고
키로 까불러 보리쌀을 댓껴낸다

줄줄이 식구들 딸린 입 쳐다보고
둘린 상에 앉아 풀떼기죽 먹어가며
힘겹게 넘어야 했던 가난의 굴레

허리띠 졸라매고 기다린 보람인가
황금빛 넘실대는 영근 보리밭
낫질하는 팔에도 힘이 솟고
땀에 젖은 얼굴엔 웃음이 가득

마당 한켠 노적가리 쌓아놓고
절구통 뉘어 보릿단을 태질하면
몸에 붙은 보리까락 깔끄러워도
알곡 쌓이는 기쁨에 흐뭇했었지

붙어 있는 알갱이 도리깨로 쳐내고
알뜰히 털어낸 보릿짚 위에 누워
하늘 쳐다보던, 전설이 된 옛 보릿고개.

– 〈보릿고개〉 전문

흔히 농촌에서 춘궁기春窮期로 알려진 보릿고개는 봄철 묵은 양식이 떨어져 보리 수확을 할 때까지 배고픔을 넘기기 위해 나물죽을 먹으며 버텨내던 그 고단했던 시기를 말하며 지난 날 우리들 농촌에서 연례행사로 겪던 일이다. 아마도 지금 나이 드신 분들은 그 어렵고 허기졌던 시절을 잊지 않고 기억하리라. 그래서인지 우리 시단에는 보릿고개를 주제로 한 시가 많이 있다고 본다.

여기 이병구 시인의 '보릿고개'는 6연 22행으로 된 꽤나 긴 시로 보릿고개의 내력과 극복과정이 자세히 묘사되어 있다. 이 시에서 주목할 점은 보릿고개 당시에 시골에서 쓰던 정겨운 언어들 즉, 겉보리, 디딜방아, 보리까락 등 점차 잊혀져 가지만 살아있는 우리말을 선택하여 시의 감칠맛을 더하고 있다는 것이다. 뿐만 아니라 자칫 우울하게 전개될 수도 있는 시의 소재를 비교적 밝은 이미지로 바꾸어내는 탁월한 솜씨를 보여주고 있어 시의 건강성을 높였다고 본다.

어린 시절 내 고향 염티
눈물 참고
슬픔 남겨놓은 채
아픔만 가지고 떠나왔지

어딜 가도 떠날 줄 모르던 외롬
숙명처럼 보듬어 살며
앙금 걸러내 겉 삭여도 설움겹다

"늘" 꿈 속에서 동행해 준 고향
후미진 길 멈칫 돌아서
새 길 만들며 힘차게 왔다
돌다리 헛디뎌도 일어섰느니

눈물 범벅 쏟아낸 곳
조상님 사시다 묻히신 땅
응어리진 마음 빗장 풀고
뿌리 찾아 고개 숙여 감사한다.

– 〈고향〉 전문

　아마도 이 시에 나오는 염티는 시인이 태어난 한적한 시골 마을로서 지금껏 시인이 간직한 마음 속 본향이 아닌가 생각한다. 어린 시절 집안 사정으로 일찍이 고향을 등졌으되 늘 꿈속에서 만나는 고향, 어렵고 힘든 일이 있을 때도 물살 빠른 냇가에 놓인 고향의 돌다리를 생각하며 용기를 얻는 고향, 고향은 살아 있는 힘이요, 꿈을 키운 보금자리다. 응어리진 마음빗을 내던지며 고향을 의지하는 결연한 자세, 뿌리 정신이 돋보이는 가편佳篇이라 하겠다.

세상 시름 놓으시고 잠드신 어머니
토방집 앞 찾아와 서성입니다
어머니! 불러봐도 대답없는 무덤가
흰 망초꽃 어우러져 동리를 이루었네요

168

찾아뵙지 못한 날 세고 계셨나요
칡넝쿨 길게 뻗어 내려와 있고
무성한 잡초만 헝클어져 있는데
자식 오기만 기다리셨나 봅니다

잰 걸음 단숨에 올 수 있는 곳인데
천리 먼 곳에 계신 것처럼 무심히 지나왔네요
풀숲 헤치고 잔디 다듬는 손이 부끄럽습니다

갈퀴로 긁어 벌초하는 무더운 초여름
땀과 눈물이 펑펑 쏟아져 내리네요
운명 앞에 갇혀 지낸 못난 서러움
긴 세월 잘라내도 움자라듯 돋아나네요

당당하신 모습 자식 가슴에 심어주시고
재너머 외진 산골 초라한 토방집이 전부인 것을······
나도 모르게 꺾인 세월 맞이하나 봅니다
오늘은 어머니가 더욱 그리운 것을 어찌 하오리까.

– 〈토방집 어머니〉 전문

169

  토방집이란 흙으로 된 방이 있는 집으로 돌아가신 분의 무덤을 말한다. 그러므로 '토방집 어머니' 란 세상을 떠나 무덤에 계신 어머니를 일컬음이다. 이병구 시인은 지금까지 자신이 가장 잘 했다고 생각하는 일중의 하나가 늦게나마 좋은 곳

에 어머니의 유택을 마련해 드린 일이라 하였다. 기어이 자식
된 도리를 해낸 뿌듯함과 안도감을 내비치는 발언이라 하겠
다.

어머니의 사랑은 위대하다. 비록 자라면서 깨닫지 못했다
하더라도 세월이 지날수록 곁을 떠난 어머니의 품이 그리운
것은 인지상정이다. 나를 세상에 태어나게 하고 당당한 모습
으로 살아갈 힘을 심어주신 어머니, 그 어머니의 무덤을 찾는
일조차 게으름을 피우다 어느 날 망초꽃 우거진 토방집을 찾
아 눈물을 뿌리는 초로初老의 아들. 누구나 심정적으로 공감
할 수 있는 사모곡思母曲의 절창絶唱이라 하겠다.

6.

마지막으로 몇 편의 시를 더 만나보자. 그 동안 보여준 자
연과 계절, 고향이나 개인 신변에 관한 시 외에도 이병구 시
인에겐 사회적인 이슈論点나 공동체적 삶에 눈길을 돌린 시가
많이 있다. '기상하라 겨레여', '영별의 묵례', '날빛', '가랑
잎' 등이 눈에 띄는 가운데 '날빛', '영별의 묵례', '강강술래'
세 편을 감상하기로 한다.

밤을 밀어내고 찾아온 먼동
해오름 밟아볼 양으로
곤한 잠 몰아내고
검검스레한 눈꼽 떼 게으름을 걷어낸다

170

햇살 퍼지기 전
등산길 밤이슬 많이도 내려
바짓가랭이 흠뻑 적시는데
무엇을 얻기 위해 살아왔나

겁 없이 덥석덥석 외상으로
가져다 쓴 수많은 날들
날빚은 탕감받을 심사였던가
무뎌진 오기 세우고 또 세우고…

저만큼 떨어져 나간
세월이 아쉽고 멀기만 한데
내 탓으로 돌리고 싶지 않은 일들
왜 그리도 많이 쌓였단 말인가

꿈은 허상으로 남아 맴돌 뿐
공로 없이 살아온 내 인생
주어진 나의 분깃마저 감당 못하고
너그러움마저 말라 버린
옹졸한 나를 보게 되는구나.

– 〈날빚〉 전문

'날빚'은 시인이 만들어낸 조어造語이다. '겁없이 덥석덥석
외상으로/ 가져다 쓴 수많은 날들'이란 표현에서 알 수 있듯

외상으로 갖다 쓴 '빚진 날들'이란 의미를 담고 있다.

곤한 새벽잠을 떨치고 일어나 설쳐보지만 헛수고로 떨어져 나간 날들이 얼마나 많을 것이랴. 주어진 나의 몫도 제대로 챙기지 못하고 공功없이 살아 왔으니 이 모두가 빚진 것이나 다름 아니라는 자탄自嘆의 노래로 보아야 하며 '날빚'이니 '분깃'이니 하는 걸 고운 우리말을 다듬고 가려 쓰는 솜씨가 돋보인다 싶다.

여보게 친구,
빗긴 노을 바라보며
함께 가던 길이 아니었던가
힘겹게 오르던 칠부 능선에 이르러
누가 쉼을 청하라 하던가

엄동설한 에이는 칼바람은
앙상한 나목裸木을 때려 엉엉 울고 있는데
머무르고 쉴 곳이 어데 있다고 떠나셨는가

영전 앞에 서니
왜, 이렇게 목이 메어온단 말인가
줄기 잘려진 흰 국화 한 송이
허전한 제단 위에 놓고 눈을 감네,
분향 연기 피어올라
가슴 적시며 슬픔만 더해갈 뿐

172

영별의 묵례 드리는 동안
몸은 안개 되어 하늘 향해 떠나가고
한줌의 재, 흔적없이 진토로 돌아간 뒤
가슴 속 맴도는 "얼" 안고 살아가다
그마저 세월 더불어 희미하게 지워질 때
벗이 간 길로 언젠가 나도 떠나리이다.

― 〈영별永別의 묵례默禮〉 전문

　이 시는 절친한 친구의 부음을 받고 쓴 조시弔詩이다. 누구라고 이름은 밝히지 않았으나 생전에 의기투합하던 친구의 급작스런 죽음에 놀람과 슬픔을 억제하며 호명呼名하듯 울먹이는 목소리로 고인을 애도하고 있다.
　특히 제목을 영별의 묵례라고 한 것과 언젠가는 벗이 떠난 하늘 길에 나도 따르겠다고 한 끝부분의 다짐은 이 시인의 기독교적 신앙이 자연스레 스며든 것으로 보인다.

위 아래 오른쪽 왼쪽
거미줄 막혀 갈 곳이 없다
거룩한 반도의 땅, 대한민국
헤쳐들 모여라
서로서로 손잡고 강강술래를 돌자

막말 쏟아내는 혀, 무궁화 시든다
너, 토해낸 입김

맑은 공기 오염시키고
입에서 튀는 침
깨끗한 이 땅 더럽힌다

조상이 살았고, 내가 살고
우리의 후손이 살아갈 땅
살이 찢겨지고 떨어져 나가야
아픔을 느끼겠는가

큰 짐승들이 먹이 찾아 으르렁거리고
독 이빨 발톱 감추고 달려든다
여우떼 물 건너 살금살금 기어온다
바다와 땅과 하늘을 지키자
모두 손잡고 일어나, 강강술래를 돌자.

– 〈강강술래〉 전문

    강강술래는 '강강수월래'를 줄인 말로 임진왜란 때 나랏일을 걱정하는 부녀자들이 모여, 손잡고 원을 그려 춤추며 '강—강—수월래—'를 연창連唱 한 데서 비롯되었다고 한다. 춤의 유래가 이러할진대 시의 제목부터 사뭇 진지한 표정이 묻어난다. 최근 나라 안팎의 정세가 예사롭지 않음을 경계하며 또 다시 위기를 겪지 않으려면 온 국민이 각성하고 단합해야 한다는 의미를 담고 있다. 지극히 당연한 말씀이지만 이를 시로 녹여내기는 쉬운 일이 아니다. 이병구 시인은 목소리를 높이기보다 '강강수월래'의 이미지를 차용, 독자를 공감의 장場으로 유도하고 있다. 시는 웅변이 아니요, 정서를 공유하는 감성의 글인 점 모든 시인들이 깊이 명심하여야 할 일이다.

7.

지금까지 이병구 시인의 작품을 주의깊게 살펴보았다. 앞에서도 언급한 바와 같이 시인은 지난날 걸어온 삶의 체험을 바탕으로 많은 땀을 흘리며 열정적으로 시를 쓴다는 것을 알 수 있다. 오늘에 이르기까지 수많은 밤을 지새우며 시 쓰기에 몰두한 그 노력을 높이 사고 싶다.

우리들 주변에는 해마다 신춘문예 등으로 각광을 받으며 등장하는 시인들이 많지만 정작 독자의 심금을 울리는 작품은 쉽게 볼 수 없는 것이 사실이다. 이는 시를 너무 안이하게 생각하여 사상이나 정서가 덜 익은 시를 남발하기 때문이 아닌가 싶다. 시는 인정人情이 스며 있는 말이요 노래라고 하였으니 보다 풋풋하고 아름다운 말을 골라 자랑스런 모국어의 빛나는 터전을 제시해야 할 의무가 우리들 시인에게 있는 것이다.

이병구 시인에게는 이제껏 기울인 노력과 열정에 비추어 앞으로의 행보가 더욱 기대되는 바 이후에도 자신이 일구어 온 시밭에다 굵고 여문 씨앗을 내려 물 주고 가꾸는 일에 더욱 매진함으로써 진정한 독자의 사랑을 받는 우뚝한 시인으로 성장하기를 바라며 첫 시집 탄생의 축배를 든다.

이병구 시집

사랑의 마디

·

지은이 / 이병구
발행인 / 김재엽
발행처 / **한누리미디어**
디자인 / 지선숙

121-840, 서울시 마포구 잔다리로 35 서원빌딩 2층(서교동)
전화 / (02)379-4514, 379-4519
Fax / (02)379-4516
E-mail/hannury2003@hanmail.net

신고번호 / 제300-2006-61호
등록일 / 1993. 11. 4

초판발행일 / 2014년 4월 20일

·

ⓒ 2014 이병구 Printed in KOREA

·

값 10,000원

·

※잘못된 책은 바꿔드립니다.
※저자와의 협약으로 인지는 생략합니다.

ISBN 978-89-7969-478-9 03810